和风录

诡计集成

江户川乱步的推理笔记

〔日〕江户川乱步 著

陈冠贵 译

中国出版集团
中译出版社

目 录

上篇　江户川乱步的破案笔记

下篇　江户川乱步的犯罪心理笔记

附　录

前言

◎ 江户川乱步

由于社会思想研究会出版部的建议，我试着从随笔中搜集了有关解说侦探小说诡计的部分。关于诡计，我另外写过《诡计类别集成》（收录于早川书房版《续幻影城》中），但这些条目是写给熟悉侦探小说的人，并不适合当作一般读物阅读，因此本书仅将其目次附于卷末作为参考，并未刊载所有内容。后来，我针对这篇“诡计集成”的某些部分，以更为浅显易懂的方式写过几篇随笔，因此本书也搜集了这几篇随笔，加上近似的《魔术与侦探小说》《惊险之说》等，还有为了本书新写的《密室诡计》，整理成首尾一贯的文章。

《诡计类别集成》将八百余种的各类诡计分成九

大项目解说，这些项目与本书随笔之间的关系，请参考下文所示。这些内容也请参照卷末的《附录一：“诡计类别集成”目录》。

第一，有关罪犯的诡计

此项目占比最大的两部分为“一人分饰两角”“其他意外的罪犯”，而本书《意外的罪犯》与《奇特的构思》（的一部分）这两章节则从此两者挑出有趣的部分撰写随笔。

第二，有关犯罪现场与痕迹的诡计

此项目为①密室诡计②足迹诡计③指纹诡计，本书的《密室诡计》章节把①改写得更为详细，此外③与本书《明治的指纹小说》有关。

第三，有关犯罪时间的诡计

此项目因为缺乏写得浅显易懂的随笔说明，本书并未刊载。

第四，有关凶器与毒物的诡计

本书《当作凶器的冰》与《奇异的凶器》两章节浅显易懂地说明了此项目有关凶器的部分。关于毒物则缺乏相关的随笔。

第五，隐藏人与物的诡计

本书《隐藏方法的诡计》从此项目中选出有趣的例子详细记载。

第六，其他各种诡计

此项目列举了非属第一到第五的二十二种不同诡计，本书《奇特的构思》(的一部分)与《可能性的犯罪》详细记载了其中的两三种。

第七，暗号记法的分类

此项目的原文写得稍微好懂易读，因此在本书原封不动再次刊载。

第八，奇异的动机

这一项也与前项相同，不过内容有些省略。

第九，揭发犯罪的线索

此项目的内容非常贫乏，也无其他改写的内容，因此本书省略。

江户川乱步

昭和三十一年（1956）五月

上篇　江户川乱步的破案笔记

奇特的构思

之后的侦探小说家继承了这个构想，几乎所有的野兽、鸟、昆虫等等都能乔装成罪犯，令人出乎意料。此外，也有反过来让人以为动物是罪犯实则是人类犯罪的手法。

本章节谈的是过去的侦探小说家，特别是盎格鲁－撒克逊裔的作家，想出了怎样的奇特戏法诡计。

我在昭和二十八年（1953）曾写过《诡计类别集成》这篇文章，搜集了自古以来侦探小说中使用的800多个诡计，以英美的作品为主。我将这八百多个诡计压缩成大概150张稿纸的内容。因为这是内行人取向的条目，又将其中的一部分详细写成随笔风格，刊登于杂志之类的刊物，譬如《当作凶器的冰》《无脸尸》《隐藏方法的诡计》《可能性的犯罪》，等等。

本章节我尝试从这篇《诡计集成》中尽量选出几个和以上诸篇不重复又奇特的诡计，写得稍微仔细些。每个都是老作品，熟悉侦探小说的读者不觉得稀奇的故事，如此陈旧的地方反而有许多有趣的构思。我想一般读者应该多少有些兴趣吧！

人类以外的罪犯

只要有杀人事件，首先就会想到人类的罪犯。侦探小说的开山鼻祖爱伦·坡（Edgar Allan Poe）突破了这个盲点，以作品《莫尔格街凶杀案》（*The Murders in the Rue Morgue*）创造先例，提出人类以外的罪犯，令人瞠目结舌。这篇作品的剧情是搜查时一直以为罪犯是人类，但令人意外的是罪犯其实是一只大猩猩。之后的侦探小说家继承了这个思路，几乎所有的野兽、鸟、昆虫等都能乔装成罪犯，令人出乎意料。此外，也有反过来让人以为动物是罪犯，实则是人类犯罪的手法。下文就是一个奇特的例子：

某马戏团有一位驯狮人，表演把自己的头放进张开的狮子嘴里。这是千钧一发的危险技艺。有一天，在观众参观前，驯狮人把头放进狮子口中，狮子居然立刻一口咬合，咬碎了他的脖子，驯狮人瞬间被杀。

如此经过驯化的狮子竟会失常咬人，经过调查之后，发现有人在杀人事件不久前，看到那头狮子皱鼻露出笑容。狮子会笑真是件可怕的事。

最终逮捕的罪犯是人类。揭开谜底，简单来说，就是马戏团员里有人对驯狮人怀恨在心，想出此妙计，目的是伪装成狮子杀了对方。他在驯狮人的头上，偷偷先撒上喷嚏药，等他的头一放进狮子嘴里，狮子就打喷嚏，这时就能让狮子咬死他。这名罪犯先前在狮子的嘴里放入喷嚏药做实验时，狮子笑了。那是因为它鼻子痒，才会露出像笑的表情。这是三十几年前英国的一个短篇作品，但我认为这个情节如果应用在江户时代的推理小说中应该很有趣，也说不定早就用过了。

罪犯非人类的稀奇故事，还有用木制人偶开枪杀人的构想。某房间中站着一尊和真人一样大的人偶，半夜睡在这间房间的男子被枪杀了，门被从中反锁，没有任何人出入的迹象。调查后发现，人偶的右手握着手枪，而且最近才刚开过一枪。是人偶杀了人？

谜底揭晓，这罪犯还是人类，他从人偶正上方的花瓶或某个东西，设下了像雨滴似的一滴一滴滴落水珠的装置。水滴不断滴在人偶拿着手枪的手上，经过几小时，因为湿气让木质产生膨胀，人偶的手指就会扣动手枪的扳机。

更离奇的是太阳杀人的故事。当然这不是中暑，也不是加缪的异乡人，因为太阳惹祸所以杀人那种心理性的故事。我指的是纯物理的杀人手法。

有人在一间密室中被射杀，射出子弹的猎枪放在距离被害者很远的桌上，已知是由那把枪里填充的实弹发射，可是却毫无罪犯出入的痕迹。因为猎枪不可能独自发射，这让这起事件看起来非常不可思议。这时名侦探现身，表示“这是太阳与水瓶的杀人案”，更令人感到万分不可思议。

这起事件的谜底是，从玻璃窗射入的阳光照在桌上的水瓶，而那个圆形烧瓶形状的水瓶有透镜的作用，偶然把光聚焦在旧型猎枪的点火孔上，因此引发实弹发射。美国的老侦探作家波斯特（Melville Davisson Post），以及法国的卢布朗（Maurice Leblanc）都用过这个构思；我在学生时代也想过和这两人不同的构想，写过笨拙的短篇。以时间早晚来说，波斯特和我差不多是同时，卢布朗则晚于我们两人。

两间房间

A 男应 B 男之邀在半夜到位于大楼一楼的 B 的办公室。两人在这里喝酒谈天，B 看准了 A 疏忽大意的时机，突然袭击，塞东西到他嘴里，并把A的手脚绑在长凳上。接着拿出一个发出喀嚓喀嚓的时钟走动声音的黑色箱子，告诉他这是定时炸弹，几点几分就会爆炸，他的性命就到这里为止了，并把箱子放进长凳下就离开了。A恐惧万分，几经挣扎，不久后昏了过去。这是因为刚才的酒被下了强效安眠药。

不知睡了多久，A忽然张开眼一看，发现还是被绑在原来的房间。这时他立刻想到定时炸弹，又听见长凳下传来时钟喀嚓喀嚓的声音。一看挂在墙上的时钟，距离爆炸时间只剩两分钟了。他挣扎再挣扎，这时不知怎么回事，绳索松开了。他手忙脚乱地胡乱挣脱绳索，还剩三十秒。迅速飞奔离开房间跑到走廊，对面有扇通往屋外的门。门外应该有大概三阶的石阶，旁边就是马路，撞上门时他发现幸好门没锁，推开门往外迈出一步。不料就在此时，A发出一声“啊！”便掉进了无底洞中。那么深的洞是什么时候挖的？不，并非如此。其实是他以为自己在一楼，却变成九楼了，那不是通往屋外的门，他开的是电梯的门，跳进了电梯井。A当然就此断气。

罪犯 B 在那栋大楼的九楼，先布置好和自己一楼办公室完全相同的房间。再把用安眠药迷昏的 A 抬到九楼的房间，绑在和一楼完全一样的长凳上，而房间前面走廊的电梯门，他也预先将门锁拆掉。从地毯、壁纸、椅子、桌子、墙壁裱框的画作以至时钟等，他布置出一切分毫不差的两个房间，这点就是这个诡计的创意。

A 坠落电梯井被认为是意外死亡，罪犯完全没引起怀疑。即使知道大楼的一楼和九楼有完全相同装潢的房间，也难以直接和 A 的坠落死亡有所联结。这是三十几年前的老作品，我觉得这个构想很有趣，给我留下深刻的印象。

这个“两间房间”的诡计，时隔久远后，被美国的知名侦探小说家卡尔（John Dickson Carr）和奎因（Ellery Queen）以其他形式使用。特别是奎因把“两间房间”扩大成“两栋建筑物”的诡计，他让三层石造的巨大建筑物在一夜之间消失得无影无踪，成长为出类拔萃的构思。

列车消失

英国某位知名的侦探作家想出了很奇特的点子。晚上有一长列货物列车从 X 车站抵达下一站 Y 站，却有一节中间的货车遗失了。离开 X 站时确实还在的货车，中途未曾停车即抵达 Y 站，这时却消失得无影无踪。那节货车上装着许多高价的美术品，整台货车连同美术品一起被偷了。在不曾停车的列车中央的货车，竟然只消失了一节，物理上是不可能的现象。到底是怎么回事，这种事可能吗？读者感到惊异万分，可怕的悬疑情节，令人沉迷其中，看得爱不释手。

作者究竟怎么把这种不可能化为可能？其实是因为他发明了非常麻烦的大规模戏法。

在 X 站与 Y 站中间的荒凉山中，有一段废弃的支线。罪犯就是利用了这段支线。他所想出的诡计是，仅让目标货车进入这条支线，不须断开后方的货车，只要顺利抵达 Y 站，就能达成这不可思议的结果。

为达成此目标，需要三个人共谋。A 躲在那台指定的货车中；B 在支线的道岔处等待；C 的任务则是跳到滑进支线的货车上踩刹车。

列车出发前，他们事先把一条两端附钩子的粗长绳索藏在货车中，从 X 站一出发，A 就把这条绳子两端的钩子挂在目标货车前的联结器与后面车厢的联结器上，再将绳索绕到目标货车的外侧。这样一来粗绳就连接了目标货车前后的车厢。

等到列车一靠近支线，A 就解开前后车厢的联结器，让前车与后车仅用绳索连接。而在道岔处等候的 B，则看准前车的车轮过支线的交叉点后，急忙放下转辙器，让目标货车滑进支线。然后，等后面车轮通过交叉点的瞬间，又迅速把转辙器恢复原位。就这样只有目标货车进入支线，而后方的几节货车则被粗绳拉走，继续往本线前进。等候准备的 C 则跳上进入支线的货车，拼命踩刹车。接着货车则刚好停在深邃森林中的隐秘处。因此可以慢慢运出车中的美术品。

车上的 A 在货车断开冲出的瞬间，跳到前车上，抓住联结器旁的铁梯蜷缩着身体。最后列车靠近 Y 站时，随着速度放慢，被绳索拉住的后车，就会因惯性追上前车，哐啷一声撞上。A 趁这个机会把前后车的联结器接上，拆下松弛的绳索扔到地上，自己也从货车跳下，把绳索拖走藏匿踪迹。如此一来，就达成了一辆庞大货车在 X 站与 Y 站之间，消失得无影无踪的奇迹。

提到货车消失，柯南·道尔（Arthur Conan Doyle）想出了一个超越上述的奇特诡计。有一列英国常见的个人包租特快列车，整台列车在 A 站到 B 站之间，宛如幽灵般消失了。

B 站接到 A 站打来的电话，表示现在那台列车已经经过，但等了又等，根本没有火车过来。不久后，在那台列车之后经过 A 站的列车进入 B 站。询问该列车的司机员，那台列车是不是在路上故障了，却得到路上毫无障碍，连个列车的影子都没看到。这一台列车宛如飞上天空，完全消失了，中途一条支线也没有。

谜底揭晓后，原来这是多人的共谋犯罪，为了暗地埋葬包租那台列车的名人。A、B 站之间虽然没有支线，但曾有一条通往矿山的支线，那座矿山早在很久以前就废矿了，支线也已废弃不用，只拆下靠近本线附近的支线轨道。因此，原本不须把支线纳入破案的考量。可是罪犯将计就计，利用众人的力量从其他地方搬来数条轨道，趁着夜色迅速把通往废矿的支线复原了。然后，共犯预先搭上火车头，用手枪威胁司机，并把火车开进赶建完成的支线，全速前进，共犯和司机都中途跳下车，让列车直接冲进废矿。这条支线的终点会抵达巨大的竖坑口，因此列车连同被害人及他的随从，一头栽进深竖坑的底部。而这附近是毫无人烟的荒凉山中，通往废矿的铁路两侧又是高耸的悬崖，也无法从远处看见列车异常猛冲。

欺瞒死亡

关于欺瞒死亡有几个奇特的构思，其中之一是利用职业杀人，让人以为是自杀。

在某间公寓的一个房间，发现了一具饮弹自尽的尸体。一把手枪掉在尸体旁，有发射过的痕迹，而且手枪表面附着的指纹，也只有死者本人的。这桩案件当然会被当成自杀处理。毕竟嘴里被放进手枪枪口，应该不可能有人不抵抗，怎么想也不会认为是他杀。

然而，真相是他杀。这是唯一能让他杀变得极为自然的职业，也就是牙医。虽然咽喉科的医生也能办到，但牙科就更方便了。只需趁着治疗仇人的时候，把预藏的手枪枪口放进病人口中发射即可。牙科的病人总是闭着眼睛张大嘴巴，这是绝佳的机会。然后，把已经杀害的尸体搬到其他城市无人的公寓房间，旁边扔下沾有被害者指纹的手枪就行了。这是不太知名的英国作家的短篇作品。

接下来的例子，则是明明活着却让人误以为死了，从世上抹杀自己的诡计。这需要种种条件的配合，并非易事：一个早晨，A 男倒在暴风雨海岸的岩石上。发现他的朋友惊慌地跑上岩石，叫他也没回应，只见他脸色苍白浑身无力，看起来就像死了。慎重起见，朋友试着按了他的右手腕脉搏，结果脉搏已经完全停止，因此急忙往住宅的方向跑去，通知医生和警察。倒地的 A 目送朋友离去，满不在乎地站起身来，往某处走去。后来大家判断 A 的尸体被海浪冲走，A 就此从这个世界抹杀了自己。

为什么他的脉搏会停止？这是魔术师要的伎俩。他在腋下塞进一颗像小球的东西，用手臂卡住，强力压迫手臂的动脉。这么一来手腕的脉搏就会消失，这名罪犯就是应用了这种奇术。这是卡尔的短篇作品。

河川上有一具浮尸。解剖后死因看起来只是一般的溺死。可是，这也可能是他杀。罪犯把那条河川的水运到房间里的洗手台装满。再把想杀害的对象找来，伺机压住他的头，把脸强压进洗手台，过了一段时间，让他再也不能动，这个人就因为吸入河川的水窒息而死。最后凶手再把尸体偷偷扔进河里。这种手法自古以来就广为人知，而克劳夫兹（Freeman Wills Crofts）的长篇作品就是用了这个方法。利用小洗手台达到溺死的目的，相当奇特、有趣。可是，这仅限在小说上能实现，实际上只要对方并非没力气的病人，这方法就难以成功。

利用沾水就会异常收缩的植物纤维织成布，诱使对方经常围在脖子上。自己是医生，把对方的咽喉弄受伤应该最适合了。地点最好选在热带地区。或是经过热带地区的轮船也不错。接着遇到热带特有的疾风骤雨，人们就会欢欣鼓舞地让这场骤雨淋在身上。此时，围在目标对象脖子上的布就会以可怕的力量收缩，对方即使挣扎仍旧窒息而亡。这则故事是我看到的某则犯罪随笔，但我并不知道那种植物的名字。

《ALL 读物》文艺春秋，昭和二十九年（1954）十月号

◎作者简介

江户川乱步

1894—1965

小说家、日本推理小说开拓者，明治二十七年（1894）生于日本三重县明张町。本名平井太郎，江户川乱步（EDOGAWA RANPO）为其笔名，取自现代推理小说开山鼻祖的美国小说家埃德加·爱伦·坡（Edgar Allan Poe，1809–1849）名字的日语念法 EDOGA–ARAN–PO。

1923 年以《两分铜币》跃上文坛，从此展开推理小说创作。早期作品多以解谜色彩浓厚的本格派推理短篇为主，后以充满异色猎奇风格的变格派迎来创作全盛时期，文坛甚至以“乱步体验”来形容阅读他的作品后带来的特殊情感体验。然而独特的写作风格如同双面剑，1932 年，乱步因不堪批评暂时封笔，直到 1936 年复出，发表《怪人二十面相》《少年侦探团》等作品赢得年轻读者的喜爱，笔下的名侦探明智小五郎与罪犯周旋过招的形象，更成为日本社会中家喻户晓的角色，至今仍可于长销漫画《名侦探柯南》中见其影响痕迹。

战后致力于复兴推理小说，创立了专门刊载推理小说的文学杂志《宝石》，并设立日本侦探作家俱乐部（现为日本推理作家协会，创办江户川乱步奖，借此鼓励推理小说创作。1961 年获日本天皇颁授紫绶褒章，与松本清张、横沟正史并称日本推理文学三大高峰。

意外的罪犯

一起杀人案件中，杀人的和被杀的本应是完全对立的立场，任谁都想不到这两者竟然是同一人。毕竟加害人与被害人，无论如何都是无法相容的存在。侦探作家（有时候现实的罪犯也会）着眼于这个常识的盲点，发明了各种谜题诡计。

自从侦探小说这种小说形式发明后，才过了仅仅一百一十年，这段时间世界各国的侦探作家竞相发表谜题诡计的创意，把人能够想出的诡计几乎搜罗殆尽，已经没有任何开发完全崭新诡计的空间。

我在战后阅读了相当大量的英美侦探小说，一边读一边做谜题诡计的笔记，共搜集了八百余种不同的诡计，在昭和二十八年（1953）秋季的《宝石》杂志撰写成《诡计类别集成》。这篇文章的内容粗略来说，可以分类为罪犯想出的诡计、不可能的罪犯（亦即意外的罪犯）、物理上不可能的犯罪（包含“密室犯罪”或足迹、指纹等等的诡计）、不可能的犯罪时间、意外的凶器与毒物、意外的隐藏人或物的方法等项目。这里我想试着写出这当中的“意外的罪犯”的诡计。

“一人分饰二角”是“意外的罪犯”中最常使用，也是种类最多的诡计。在我的文章集成中，八百个例子中有一百三十个例子是这种“一人分饰二角”的各种变形，排名第一。第二名是“密室犯罪”的八十三个例子，这两种诡计特别引人注目。

部分“一人分饰二角”的构想，被害人就是罪犯。

一起杀人案件中，杀人的和被杀的本应是完全对立的立场，任谁都想不到这两者竟然是同一人。毕竟加害人与被害人，无论如何都是无法相容的存在。侦探作家（有时候现实的罪犯也会）着眼于这个常识的盲点，发明了各种谜题诡计。

试从我的分类中挑出“被害人就是罪犯”的项目如下：

（一）罪犯假冒为被害人（又可以细分为犯罪前假冒与犯罪后假冒）47 例

（二）共犯假冒为被害人（有数名罪犯时，这个方法较易执行）4 例

（三）罪犯伪装成被害人之一［数名被害人的情况，使用这个诡计的知名作品有范·达因（S. S. Van Dine）的《格林家杀人事件》（*The Greene Murder Case*）、奎因的《Y 的悲剧》（*The Tragedy of Y*）］6 例

（四）罪犯与被害人完全是同一人，9 例

我认为这当中（四）感觉最不可思议。罪犯和被害人根本是同一人，这种事可能成立吗？

这一项分为“窃盗”、“伤害”，以及“杀人”三种情况。首先记录的是“窃盗”的例子，有一位都市的第一流美术古董商，把高价的宝石卖给他多年的老客户。一段时间后，这名老客户带来宝石，表示台座有些损坏，要他维修。古董商收下宝石检查后发现，这颗宝石是制作精巧的仿造品。但这位老客户身为堂堂富豪，不可能会拿赝品过来。他这才发现，打从一开始卖出时，就是他一时不察卖出了赝品。这是古董商的大失误。他也想过换成替代品还给对方，但这是非常珍稀的宝石，他手上也不可能有一模一样的物品。如果直接修理赝品还给对方，要是有一天事迹败露，古董商就信用扫地了。毕竟他是第一流的美术商，禁不起如此的名誉扫地。

于是古董商心生穷极之策，自己假扮成小偷，偷偷从工作室的天窗溜进去，偷走宝石藏在某处。次日早晨通报失窃，警察调查后，因为清楚留有小偷进入的痕迹，就认定为遭窃。古董商向老客户表示歉意，并归还与宝石等值款项的现金。虽然损失了整整一笔宝石的货款，但店家的名声是无法取代的。毕竟这是侦探小说，无法从正面写这件事。从结果反过来铺写，就成了非常不可思议的故事。自己偷了自己的东西，亦即被害人与罪犯是同一人。

而我的旧作就有“伤害”的例子。虽然西洋作品也有例子，但那些故事写得不长，看不出意义，且让我引用自己的作品。这是发生在战前陆军高官宅邸内的事件，某天夜晚，一名小偷进入无人的主人书房。主人年轻的儿子发现小偷，进入漆黑的书房，盗贼朝他开了一枪，就从窗户逃跑了。那发手枪的子弹打中儿子的脚，他身负重伤入院治疗，但成了后天的瘸子。后来在庭院的池底寻获失窃品。

这起案件其实是儿子的独角戏，他用手帕包住放在书房的贵重金属，从窗户瞄准投入池塘，还为了让失窃更真实，用手枪射击自己的脚。光看这些叙述，我们还是不明白为什么这个儿子要射自己的脚。要是不察觉某件事当然不会明白，那就是他逃避兵役的动机。他的父亲是将军，无法让他蒙混过关。因此他才想出假装被小偷枪击，变成瘸子，借以逃避征兵的好主意。也就是说，被害人和罪犯是同一人。这也是添枝加叶后倒过来写，变成稍有趣味的谜题故事。

接着是“杀人”的情况。这是杀人者与被杀者为同一人的谜题诡计。虽然会觉得这种事根本不可能发生，但把不可能化为可能就是侦探小说的窍门，只要有一丁点儿契机，就能想出各式各样的好主意。这种情况的契机，就是“自杀”这个构想。“自杀”的杀人与被杀者是同一人，所以只要能从这点引出什么就行了。

一个罹患不治之症，被医生告知死期的人，因为非常痛恨某人，心想反正生命都已经接近死亡，干脆趁早舍命复仇，这种情况就十分符合条件。办法就是先留下许多伪造的线索，假装成他杀其实是自杀，让怀恨的人背上嫌疑。自古以来国内外的侦探小说都经常使用这个诡计。

在杀人与被杀者为同一人的谜题诡计中，英国有个相当出人意料的范例。在英国的罗马天主教派大主教这个伟大的圣职，有位知名的学问僧侣，名叫罗纳德·诺克斯（Ronald Knox）。此人热爱侦探小说，从以前就写了许多作品。他的长篇代表作《陆桥谋杀案》（*The Viaduct Murder*）在战前就有日文译本，喜欢侦探小说的人应该都知道诺克斯的大名，而此人的短篇作品中，有一部非常迂回、不可思议的侦探小说。

故事是一名男子因不治之症被医生宣判死期，等待死亡的痛苦让他饱尝艰辛，然而这名男子是胆小鬼，没办法自杀。既然自己没办法主动死，只好让其他人杀了自己，但是也不可能有志愿者自愿犯下杀人罪。他非得制造出杀了自己的人不可。

于是，他思考着自己可以杀了某个人，因杀人罪被判死刑最好，实在是拐弯抹角。（话说在前头，这虽然是讽刺小说，但写得并不滑稽。要是像这样从正面来写，总觉得很滑稽，但原作把顺序倒过来，写成第三者视角的故事，因为写得很巧妙，让读者能信服并读下去）于是，他想出一个有点有趣的诡计，意图利用间接的方法杀害陌生男子，结果不仅以未遂告终，警察也一点都不怀疑自己。他认为杀人也不是件易事。

因此，他制订了更加绕圈子的计划。因为杀别人失败了，那不如自己一人分饰二角，如果成功演出一个自己杀了另一个自己的戏码，就能成为犯罪者了吧。他认为自己杀了另一个自己确实很容易办到。

他假扮成一个完全虚构的人物，与真正的自己两个人进入没有同席客人的头等车厢。首先让虚构的人物先进去，再掩人耳目从另一个出入口偷偷溜走，变装后以真实自我的身份，再次进入车厢。两次都让车长与男服务员看到个别不同的模样，向他们搭话之类的，让他们以为两位客人进了同一车厢。

接着，抵达下一站后，只有真正的他从车厢出来，而虚构人物则无处可寻。他营造出列车行进中真正的他杀了虚构的他，在中途的长铁桥上把人扔进河里的假象。车长与男服务员都知道有两名男子搭车。火车到站了，却只有虚构的人物消失，真正的他露出形迹可疑的模样下车，当然会被怀疑。

他执行了这个奇妙的诡计，正中下怀，如愿以偿被逮捕，审判将判他有罪。然而，他却害怕曾经那样盼望的死刑，又开始希望得救。于是他哭着哀求律师，倾吐真相，靠着律师的力量获判无罪释放，最后从法院回自己家的归程上，他却没能躲过从背后驶来的卡车，被简单至极地碾死了。虽然这是一种讽刺小说，但也是杀人与被杀者同一人的谜题诡计中，极为特殊的一个例子。

以上是“一人分饰二角”的犯案例子，在我的诡计表“一人分饰二角以外的意外罪犯”的项目中，分为下列十种。

①侦探即罪犯②案件的法官、警官、典狱长是罪犯③事件发现者为罪犯④事件的记述者是罪犯⑤无力犯罪的幼儿或老人是罪犯⑥残疾、重病者是罪犯⑦尸体是罪犯⑧人偶是罪犯⑨意外的多数是罪犯⑩动物是罪犯。

挑出这当中的有趣项目来看，①的“侦探即罪犯”仍旧是非凡的构想。因为负责案件大显身手的名侦探，其实是真正的罪犯，这种谜题诡计第一次遇到的时候，会让读者为之惊叹，体验到非常的快感。少年时的我曾阅读三津木春影的改编作品，卢布朗的《813》，第一次遇到这个诡计，感到难以形容的有趣。

勒胡（Gaston Louis Alfred Leroux）的《黄色房间之谜》（*Le mystère de la chambre jaune*）也是以这个谜题诡计为中心。我较晚读到这篇作品，虽然是第二次遇到，但这篇作品也是格外有趣。侦探即罪犯的诡计只要有人用过一次，后来出现的必定是模仿，因此读者会觉得厌烦“又来了”，尽管如此，还是有相当多知名的作品用了相同的谜题诡计。

最早的作品是爱伦·坡的《汝即真凶》（*Thou Art the Man*），虽然不是道地的侦探，但这名从一开始就指导案件侦查的人物，到最后才知道他是真凶，不愧是爱伦·坡。

接着是英国的詹格威（Israel Zangwill）的长篇作品《弓区之谜》（*The Big Bow Mystery*）（1891 年），比起 1901 年的《黄色房间之谜》、1910 年的《813》都要早得多。詹格威是纯文学家，因此他的构想和文章组织都不错，“侦探即罪犯”与“密室杀人”这两大谜题诡计，都是彻底掌握、书写完善的经典作品。关于这部作品，战后因为我的提倡已有日文译本。

在詹格威、勒胡、卢布朗之后，还有英国的菲尔丁（A. E. Fielding）、美国的莱因哈特（Mary Roberts Rinehart）、英国的克里斯蒂（Dame Agatha Mary Clarissa Christie）、美国的奎因等人的长篇、切斯特顿（Gilbert Keith Chesterton）的短篇（两篇）也都重复使用过这个谜题诡计。日本作家则有浜尾四郎的某篇长篇作品，故事核心的谜题运用了这个诡计。

仅次于侦探即罪犯的奇特诡计，应该算是④的“事件记述者是罪犯”的诡计吧。这种小说以局外人的视角，第一人称的纪录写成。读者会怀疑出现在纪录中的诸多人物是否为罪犯，但写记录的当事人却不是关注的焦点。读者会相信记录者不可能写谎言。毕竟以常识来说，要是写了谎言，这部小说就白搭了。

克里斯蒂在距今约三十年前就突破这个盲点，写了记录者其实是罪犯的长篇小说，令侦探小说界为之惊艳。在此作品中，记录者没写任何谎言。只有一个地方有点省略记述，整体而言写的是真相。然而，记录者就是罪犯，这种写法非常需要技巧。克里斯蒂女士就是巧妙地做到这点。于是这篇长篇作品成了她的代表作。

然而此作品的记录者虽然主动不写谎言，却省略了关键不写，还是有读者批评觉得不公平。可是，这样的批评是因为把侦探小说当成作者与读者的解谜游戏，我认为大可不必如此气量狭小。即使现在有许多评论家把这篇作品视为前十大佳作，也不该遭到这样的苛责。

这个记录者即为罪犯的谜题诡计，早在克里斯蒂之前已有先驱。只是这位作者是瑞典人，因此在英美的阅读界并未受到瞩目。这位作家是瑞典的 S. A. 迪斯（Major Samuel August Duse），他的长篇作品为《斯默诺博士的日记》(*Doktor Smirnos dagbok*)。前述的克里斯蒂作品于 1926 年问世，而《斯默诺博士的日记》则是 1917 年，早了十年。这篇作品多亏了法医学者古畑种基博士，在日本很早就广为人知。古畑先生留学德国期间，在柏林发现了这本书的德文译本，送给朋友小酒井不木博士，而小酒井先生则翻译成日文，连载于大正末期的《新青年》。这个谜题诡计也是用过一次以后，后来都是模仿，但仍有许多追随者。英国的伯克莱与布莱克都曾经用相同的诡计老调重弹，日本也有横沟正史、高木彬光两位作家的代表性长篇作品用过这个诡计。

接下来更奇特的算是⑦的“尸体是罪犯”的谜题诡计了吧。死人挥舞凶器杀了人，把这种不可能的事化为可能，正是侦探作家费尽心思之处。这部小说是作家亚瑟·利斯的《死人的手指》，然而其实尸体是作为道具使用，真凶另有他人。可是这名罪犯并不在犯罪现场，在不在场证明成立的情况下，姑且就算是死人杀人。

这个方法是罪犯先让死人的手握住手枪，布置成手指扣扳机开枪后，会打中某个正在守灵的人，再扬长而去。然后，到了深夜时分，尸体开始僵硬，死人的手指也随之僵直，在扳机上施力发射手枪，守灵的人就被打中了。

虽然实际上无法顺利进行，但以小说来说，只要写得巧妙，读者基本上都能接受。先不管是否能命中目标对象，光是开枪就有充分的可能性，确实在范·达因的作品《狗园杀人事件》(*The Kennel Murder Case*) 中，就记录了这是实际发生过的事件。

和此类似的谜题诡计还有“人偶是罪犯”，不过这一项已经另外写在“奇特的构思”一节，这里就省略不谈。

接着是⑨的“意外的多数是罪犯”，也是有趣的构思。这个构想用在克里斯蒂的某篇长篇中，有一名男子在行进中的列车里被杀。他的全身上下就像被乱刀砍过，伤痕累累。这节车厢有十几个乘客，逐一检查后，却没有任何人认出凶手。只好先认定凶手从行进的列车中跳车逃逸了。可是到了最后才知道，原来搭乘这节车厢的十几名乘客全是凶手。

这十几名乘客全都和被杀的男子有深仇大恨。于是他们约好，要在车上杀了那名男子，但是为了不让任何人通风报信，大家一人刺一刀，因此才会看起来像被人乱砍一通。

⑩的“动物是罪犯”目标是让读者感到意外，警察一直在找人类的罪犯，结果罪犯是动物，第一次读

到爱伦·坡的《莫尔格街凶杀案》的人，应该都深感惊奇吧。这是一起残忍的杀人案件，而且是“密室杀人”，警方一直在找人类的凶恶罪犯，而业余侦探杜宾则从某个有趣的线索注意到真相，巧妙逮捕真凶——一只从饲主手上逃出的猩猩。

这个动物罪犯的诡计之后也出现在许多作品中。在坡之后知名的尚有道尔的《花斑带探案》（*The Adventure of the Speckled Band*），被害人无意识地脱口说出“花斑带”后死亡，令人联想到在这附近出没的流浪汉头上戴的花斑染色布，但却调查无果，其实凶手是暗中养了毒蛇，趁深夜把蛇赶去杀害睡在床上的被害人。而蛇的斑斓花纹，被黑暗中的被害人看成了花斑带。

动物罪犯有很多类型，例如妖犬、马、狮子的下颚、牛角、独角兽、猫、毒蜘蛛、蜂、水蛭、鹦鹉等等，而这当中又以狮子的下颚与鹦鹉较为有趣。（“狮子的下颚”已在另一章节“奇特的构思”提过，此处省略不提）。

“鹦鹉是罪犯”的作品是窃盗，被用在英国莫里森的古老短篇中。一间位于高楼窗户稍微开启的密室，门上了锁，窗户虽然开着，但距离地面高达几十英尺，也无法从外攀爬进来。尽管如此，装了宝石的首饰还是从这房间里不翼而飞。

那颗宝石本来放在房间的化妆台上，却消失得无影无踪，而旁边掉了一根主人完全不认得的火柴棒。这根火柴成了侦探推理的开端。先说结论，其实是那名罪犯训练了一只鹦鹉去偷宝石。他训练鹦鹉从高处的窗户进入屋内，一定会叼着带有宝石的物品回来。不过，它回程叼着宝石倒无妨，但去程嘴巴可自由活动，毕竟是只鹦鹉，说不定会叫或说些什么。为了预防它乱叫，就训练它一定要叼着火柴棒，以免发出声音。然后，让它习惯看到宝石就把火柴丢掉，再叼着宝石飞回来。

在《意外的罪犯》中还有“太阳与水瓶杀人”的奇特构想，这个也已在另一章节“奇特的构思”提过，此处也省略不提。

刚才举出的十种谜题诡计中，③“事件发现者为罪犯”有些趣味，请容我再添上几笔。疾呼“有人被杀了”的人其实是真凶，如此想来这个诡计其实很平凡，这类情节我的诡计表就省略不提了。但“发现者是罪犯”的谜题诡计和“密室”组合后，就形成了有趣的情节。刚才提过的詹格威的长篇，以及切斯特顿的短篇就有符合的例子。

一天早晨，屋子的门还没开，因为比起平常开门的时间晚得多，令人担心，敲门或叫门却都没回应。于是请了街坊邻居来破门进入屋内，屋子的主人已经在床上被利刃割喉而死，鲜血还在不断涌出。调查后发现，这栋房子的窗户早就从内部紧闭了。唯一的门也被从内反锁，不破门就进不来。这是一间完全的密室，而且凶手并没躲在屋子里，被害人才刚被杀，凶手完全没有逃脱的出口。

经过详尽的调查后，发现门窗都没有任何制造密室故布疑阵的迹象。这不是捏造的密室，是货真价实的密室，也就是完全不可能的犯罪。

作者是如何让这个不可能化为可能？说穿了别无其他，就是“神速杀人”的应用。真凶就是人群破门后进入屋内的其中一人。他准备了刮胡刀之类的小型锐利凶器放在口袋。等到一破门，他就最先冲进屋里，挨近正在睡觉的被害人，用预藏的凶器敏捷地割开他的喉咙，再大叫“啊！不得了啦！有人被杀了！”。后头接着进来的人，因为被他的身体挡住，并未发觉割喉的人就是他。没想到会有人犯案如此神速，任谁也不会起疑心。

为什么被害人听到敲门的时候没有回应呢？为什么他被割喉的时候没有叫呢？那是因为凶手是他的熟人，前一天夜里被害人睡觉前，被凶手在某种饮料里掺了大量的安眠药让他喝下。如此一来，事件的最初发现者是凶手的诡计就成立了。

“神速杀人”还有其他许多应用此方法的诡计，而这种敏捷度，也让人不禁联想起日本剑道高手或忍术者锻炼的神速。

《周刊朝日　推理小说特集号》朝日新闻社，

昭和三十年（1955）

附记

在拙稿《英美短篇侦探小说之吟味》中，曾提及切斯特顿运用这个神速杀人的其他例子，兹录于下。

在 *The Vanishing of Vaudrey*［日译《新青年》昭和八年（1933）五月号《沃德利失踪案》］的作品中，首创了别无他例，有些奇特的谜题诡计。被害人当时在村里的理发店修容刮胡。理发店的正后方是一条潺潺溪流。此外，这家理发店还兼卖香烟。凶手让陪同散步的同伴在店外等待，自己进去买香烟，老板放下刮胡刀，出来店面找他要买的香烟时，他趁着这仅仅两三秒的空隙，迅速冲进理发室，被害人正伸长脖子蒙住眼睛，等理发师回来，他就用那把放着的刮胡刀割喉，再迅速归位，一脸若无其事地收下香烟，回到还在等待的同伴身边，吸着香烟继续散步。

这种神速是“古怪型”的，和打破密室冲进现场，最初发现者瞬间杀人的诡计类似，但先让同伴在外等，买东西顺便杀个人的构想，有一种超乎常识的古怪幽默与恐怖，但也绝非游戏式杀人。作者给了他很正当、不得已的动机。

可是，只要理发师够冷静，这个罪行立刻就会露出马脚，然而理发师也有弱点，又是个胆小怕事的人。他不知何时发现客人被杀，觉得直接报警一定会被认定是自己犯下的罪行，惊慌失措之下，就把尸体（理应要装袋）丢进后方的河里。故事情节是后来尸体被流到距离遥远的地方才被发现。没人知道被害人曾去过理发店，理发师守口如瓶，凶手也有同伴的不在场证明。这起案件很难解，不过布朗还是从尸体脸上剃了一半胡子想到了理发店，凭着推理指认出真凶。

当作凶器的冰

就像这样，一切有利条件齐全的蒸气浴与冰剑诡计结合后，就成了这部小说的妙趣所在。与此类似的构想，还有寒冷国家的案件，使用大型冰柱当凶器杀人的故事。

侦探小说的谜题愈难愈有趣，所以经常会把实际上怎么也不可能办到的事情，写得仿佛像可能发生一样。因此，侦探小说中描写的罪犯诡计，极少能够实际应用于犯罪。不过，从另一面来说，就像有句话说“现实比小说更离奇”，而且人类的思绪最后总要由某人来执行，如同这种想法，若我们仔细检查国内外的犯罪记录也可能有惊人的发现——小说家自以为写出独创的犯罪手法，现实也有酷似的实例。在这层意义上，侦探小说的幻想也不见得和实际犯罪全然无关。

我在战前没怎么读过外国的侦探小说，战后反而一直看外国的侦探小说，而且为数不少。每次阅读我就把书中用的罪犯诡计做笔记写下来，也试着把过去读过的所有诡计分类，做统计研究。我试着制成一张表，谜题诡计的总数约 800 例，大致分类如下：

（一）有关一人分饰二角、顶替其他人的诡计……225 例

（二）有关犯罪手法的诡计（意外的凶器、意外的毒杀手法、种种的心理诡计）……189 例

（三）有关时间的诡计（交通工具、时钟、音响等等的诡计）……39 例

（四）有关犯罪痕迹的诡计（除了脚印诡计、指纹诡计等等以外，包含侦探小说最常使用的密室诡计）……106 例

（五）有关意外的隐藏人（包含尸体）及物的诡计……141 例

（六）暗号诡计……37 例

这些可以再细分为数十项，而细分项目中最多的是“一人分饰二角”诡计的130例，第二则是“密室”诡计的 83 例，这两项的数量明显超越其他项目。

不管是“一人分饰二角”或“密室”也好，粗略想来只要用过一次，之后就会有人模仿，感觉好像就一点也不有趣了，事实却出乎意料的并非如此。在这些项目中还有非常多种类，只要能想出其他种类，还是能令人感受到独创性，产生新的趣味。因此，侦探作家会从不同的角度思考一样的“一人分饰二角”、一样的“密室”诡计，企图发现前人未察觉的新手

法，长久以来，已经设计出前述多达100例的不同种诡计。

我根据这些资料写成了“诡计类别集成”，这里且让我挑出里面的极少部分尝试写出来吧。接下来是前述（二）有关犯罪手法诡计中的“意外的凶器”的极少部分“利用冰设计的诡计”。

我所搜集的“意外凶器”的种类有63个例子。然而使用冰的诡计是当中应用范围最广的，多达十例。冰可以当作诡计凶器发挥如此多的用途，主要是因为水结冻时的膨胀力与冰的融化特性。

水结冻时的膨胀力足以让水瓮裂开，因此若利用这点来设计杠杆与线条的机械装置，可以在深夜温度最低的时候，让匕首从天花板落下，或是让固定在某处的手枪发射，应该有各种的利用方法，然而我在战后搜集的实例中，没有任何一个这种例子。事件的次日只要是温暖的日子，尸体被发现时冰已经融化，就不会被发现竟然是利用冰当作动力。这种诡计虽然颇有妙趣，但设计机械装置相当艰难，一旦伪装困难，侦探小说就会因为复杂的机械装置让趣味大打折扣，因此知名的作品不太用这一类的诡计。我不过是在某处的引用文章读过，有西洋侦探小说的情节是利用水结冻时的膨胀力发射手枪。

融解的特性比起膨胀力的应用范围广多了。以一般的原理而言，在目标室内放一个冰块，只要在上面放木板之类的东西，木板的位置就会随着冰融化降低。另外也可以反过来把冰块当成坠子，利用重量随着融化减轻的特点。以这些力量为基础，设法做出机械装置，甚至可能让手枪发射、让匕首落下，或利用安眠药让失去意识的被害人被勒死。还有另一种妙趣是，只要采取延迟尸体被发现的手法，发现时甚至连冰块融化留下的水都蒸发了，什么痕迹都不会留下。不过，这也伴随着很复杂的机械装置，因此优秀作品的例子很少。

“密室”与冰片

虽然不是直接的凶器，但冰的碎片有时候可用来打造“密室”。“密室杀人”指的是房间门窗都被从内反锁，密闭宛如保险箱一般，而里面有被害人身亡。人们破门后进入房内发现犯罪，凶手却不见人影，宛如幽灵般消失，是一种不可能的状况。为了组成这种“密室”，如前所述，作家们想出了多达 80 种相异的谜题诡计，其中的办法就是，罪犯达到目的后离开，还要从外面透过某种机械装置，从门内上锁或上门闩再离开。这些办法有七八种相异的谜题诡计，其中一种用的就是冰的碎片。这种是以金属门闩关门的情况，罪犯达到目的后，先把室内的所有痕迹擦掉，再于门相连的插闩处夹入冰的碎片，让门闩不会掉下来，然后到外面静静关上门离去。用此方法门闩会随着冰的碎片融化往下降，完全融化时门就能完全锁上。门上如果没有插闩处相连，就在靠近门闩的支点，从下方往门与门闩之间夹入楔形的冰片，结果也是一样的。也有作家用雪代替冰。他把雪块扔在靠近门闩支点的门板上，并避免让雪块掉落，再离开到外面关上门。随着雪融化门闩就会锁上，和冰一样。

冰的子弹

有个方法是把冰削成子弹的形状装在枪支里，再迅速发射。锐利的冰片打进被害人体内，虽然有弹痕，但解剖也不会发现子弹。因为已经在体内融化了，这是离奇的幽灵子弹。为了让此方法更讲得通，还有作家想出把人血冷冻成子弹型来发射。这种血液子弹融化后，混在被害人的血中，就更加难以辨别了（当然要用同血型的血才安全）。此外，其他作家也想过如果速度不够快，冰有发射前融化的疑虑，所以使用岩盐削成子弹型。盐在体内溶化虽然有残留的盐分，但人体本来就含有大量盐分，应该也无法分辨吧。

这个冰子弹的构想也未必是近代侦探作家的发明。根据约翰·狄克森·卡尔的记载，据说古意大利的梅迪奇家族，就有用弓射冰片杀人的传说；再向上追溯至公元一世纪的罗马诗人马提亚尔的短嘲诗，也歌咏过类似的方法。近代的侦探作家也有使用弓射冰片的诡计例子。无论哪一种都是基于可以消除痕迹的机智设计而成。

我曾经读过与这个设计相同，偶然发生的一起真实死亡故事。我记得好像是嘉露莲·威尔斯的《侦探小说的技巧》的初版版本，引用的某个犯罪记录。在夏季的白天闹街人行道上，有人倒下死亡。胸口有弹痕。调查后发现附近无人持有枪支。解剖的结果也很不可思议，不仅没有贯穿的枪伤，体内也没有子弹。这起非常离奇的案件令当局很烦恼，最后真相大白的结果，很意外的是一辆装载冰块的卡车的恶作剧。

有一辆满载冰块的卡车经过，掉了一个冰块在路上。后来又有一辆载着沉重货物的卡车经过，轮胎把冰块压得粉碎，此时一片锐利的碎片就飞溅到人行道，力道宛如子弹一般扎进行人的体内。

冰匕首

仅次于冰子弹之后的有趣构想应该算是冰匕首了。这是最简单的方法，用长冰片具有的锐利尖端刺杀人，并避免尸体在冰融化前被发现，这样一来即使罪犯在现场，也可以因为没有凶器而主张自己的清白。毕竟凶器被罪犯带走逃跑，是最自然的想法。

使用冰剑还有更有趣的作品。这是科学家和小说家合著的英国短篇作品，故事大纲是有人因不治之症被宣告死期，他意图自杀假装成他杀，再嫁祸罪名给怀恨在心的朋友。这个人平常喜欢蒸汽浴，是土耳其浴的常客，有一天他进入一间吹进热蒸气的密闭房间后，一直没出来，查看才发现他胸口流血死亡。这状况只会让人以为他被人用匕首刺杀。

刚好此时他想嫁祸嫌疑的朋友是土耳其浴的客人，又在他进去的那间蒸汽浴旁边徘徊，一如所料就被怀疑杀人，但凶器匕首怎么找也找不到。于是那名朋友被告发检举，凶器应该是被他巧妙地藏在某处了。此时名侦探登场，借由一点点线索，就识破了案件的真相。

自杀者把冰柱型的锐利冰片放进保温瓶，再带进蒸汽浴中，用冰片刺进自己的心脏而死。他预先养成把保温瓶带进浴室中的习惯，并先展示给许多人看过。他的借口是在蒸气浴里非常渴，先装进凉茶就能时常喝了。因此除了名侦探以外，没人怀疑那个保温瓶。

如果是一般的房间，融化大块冰片需要一段时间，但在蒸气浴的热气中，融化速度非常快，而且冰融化的水也会混在蒸气的水珠中，不留任何一点痕迹。就像这样，一切有利条件齐全的蒸气浴与冰剑诡计结合后，就成了这部小说的妙趣所在。与此类似的构想，还有寒冷国家的案件，使用大型冰柱当凶器杀人的故事。

毒冰

在卡特·狄克森的长篇侦探小说中有这样的故事。先在电冰箱有小隔板的制冰盒中注入毒物，再让毒物冻成冰块，然后在制作鸡尾酒时取出冰块，并在对方眼前放入调酒器，自己喝一口给对方看。这时的毒冰尚未融化，不会出什么事。聊天展开话题用掉一些时间后，等到调酒器中的毒冰完全融化时，再倒进玻璃酒杯给对方喝。只要让第三者目击这一切，就会因为凶手也喝了一口而避免嫌疑。一般都会判断是有人事先在空的玻璃酒杯下毒。我记得日本去年出版的《宝石》增刊新人集中，也有使用相同诡计的短篇作品。

干冰

曾有日本作家的小说，是利用干冰融化会变成二氧化碳的特性，趁被害人睡觉的时候，在盛夏密闭的小房间放置大量的干冰，让被害人因为干冰融化产生的二氧化碳窒息而死。也有作家想出更极端的构想，那就是借由液态空气把人冻结，再用槌子把人敲碎的情节。

花冰杀人与其他

还有一个现在不能漏写的构想是，利用封进花的防暑用冰柱杀人。某人被发现倒在庭院角落死亡。他

的头似乎被钝器殴打过，致命伤是头骨骨折。可是，经过仔细的调查，结果显示推测犯案的时间前后，并没人靠近庭院的那个案发处。此外，那附近也没发现任何与伤痕相符的石块或其他钝器。这起案件非常不可思议，此时名侦探现身，注意到夏草的花掉在尸体的附近。那好像是从茎底部切下的插花，暴露在夏季的炎热天气下，已经完全枯萎了。侦探从这朵花联想到防暑用的花冰。这么说来，尸体倒卧的位置，就在隔壁三层楼的洋房后方。

如果有人从那里三楼的窗户朝被害人头上扔下巨大的花冰，所有状况就都说得通了。花冰早在尸体被发现以前，就因为天气炎热融化，连水分也干了，所以只剩花冰中的夏草留在地上。故事情节是侦探根据这个推理，去调查住在洋房的人，果然有人从三楼的窗户扔下花冰。

其他还有许多利用冰杀人的构想。譬如有个构想是，在结冰的湖水某处挖一个人会掉进去的洞，然后再等上面结冰，邀被害人去溜冰，巧妙地引导他往那层薄冰走，就能伪装成意外死亡。还有这也是下雪国家的事件，小说情节虚构了被害人会在深夜蹲在坡道下，静止不动一阵子的特殊情形。凶手知道这件事，把雪堆成近似人的形状，在雪人的前面插进匕首的握柄，并准备好在被害人蹲伏坡下的期间，让这个雪人滑下的机械装置。然后自己和两三个朋友到远方某处喝酒。到了预定的时间，因为机械装置的作用，雪人滑出坡路，加上加速度的力道，刀子刺进蹲着的被害人的背。凶器虽然留在现场，却没有任何人靠近的痕迹。有一起喝酒的朋友作证，凶手有完美的不在场证明。雪人散乱一地，刚好和那附近堆积如山的打扫积雪混在一起。可是，要达到这个杀人目的，被害人的位置与雪人的滑行通道就必须完全吻合，以现实问题而言近乎不可能，但这是小说，因此可以巧妙虚构出这种顺利的情况，事先让读者没有不自然的感觉。

我所搜集到使用冰当作凶器的构想，大致如以上。像这样只写出谜题诡计，感觉实在很天真，但如果读小说，又能写得让读者大致都能理解。侦探作家必须在这些谜题诡计的骨架上加工，使小说情节的肌肉丰满，令故事逼真，这就是创作侦探小说的难处。

视写作技巧如何，能让读者觉得这些谜题诡计是真的煞有其事，也令读者感到惊奇。

实际的犯罪案件，很少会用到这些列举的迂回诡计。因为就算用了，也不可能像小说一样顺利，机关算尽反而一定会留下什么线索，只会更快让事迹败露。在真实的案件中，侦查无知又荒谬的犯罪困难多了。可是，也不能断言实际犯罪中没有人想出这种奇特的手法。如同前述所说，古梅迪奇家族的纪录中就有冰箭的构想，还有冰的碎片刺入行人胸口，被误以为枪伤的案件等等，并非完全不可能发生。从“现实比小说离奇”的想法来看，对实际的犯罪侦察感兴趣的人，姑且把侦探作家的离奇构想记下来，也未必是徒劳无功。

《犯罪学杂志》日本犯罪学会，

昭和二十七年（1952）三月复刊号

奇异的凶器

许多利用动物当作凶器的谜题诡计，也都很有意思。某部小说写过在棍子的末端安装和狮爪一模一样的金属配件，用来殴打杀人。那个地方附近没有狮子之类的动物，却有人被杀留下狮子的爪痕，令人感到一种怪谈气息的恐惧。

关于奇异的凶器，在谈西方的事例之前，先来稍微想想日本江户时代的例子，我的脑海浮现出宇都宫城钓天井事件以及《八犬传》的“船虫”故事。趁被害人睡觉时，房间整片天花板掉下来压死人，实在是大规模异想天开的想法，类似法国的“吉格玛（Zigomar）”[①]或“罗康博尔（Rocambole）”[②]的构想。道尔的夏洛克·福尔摩斯故事中，有一篇《工程师拇指探案》，故事描述了有人被关在工厂的巨大铁槽中，头上有几百贯[③]重量的铁天花板逐渐往下掉的恐怖景象，而宇都宫的吊天花板比起这个的规模更大，装模作样居多。

《八犬传》的“船虫”是狠毒妇人的故事，因为小酒井不木的《杀人论》引用过，我才想到。该文章所述如下：

---

① 法国作家莱昂·沙兹（Léon Sazie）同名犯罪小说中的人物，编者注。

② 法国作家皮埃尔·亚历克西斯（Pierre Alexis Ponson de Terrail）小说《神秘遗产》（*L'Héritage Mystérieux*）中的人物，编者注。

③ 日本重量单位，一贯约 3 到 4 千克，编者注。

“从此以后船虫打扮成街头流莺，每天晚上站在海边，不仅为了拉客，目标还有夺取对方的行囊。每次交媾接吻时，她就会咬断对方的舌头杀人，再把尸骨弃之海上。丈夫媪内成了她的皮条客，一开始会待在附近，如果有不能得手的情况，就会合力强迫硬拉，未曾让人跑掉，就这样一直没人知道真相。”

如上所述，接吻时咬断对方舌头的构想，有一种所谓色情猎奇的妙趣，相当有意思。虽然不知道咬断舌头会不会成为致命伤，但肯定会造成暂时令人昏厥的痛苦。西方有一种毒杀方法是，先把包着毒药的胶囊含在嘴里，再趁接吻时送入对方口中，比起这个，咬断舌头浮夸多了。

西方侦探小说的谜题诡计所使用的奇异凶器中，以冰代替刀剑的方法最有趣。用尖端锐利的冰碎片刺杀人，凶器融化后就会消失，不会留下证据。能够进行被认为不可能的杀人方式。利用冰的方法很多种，古时候，公元前一世纪的罗马诗人马提亚尔，他的短嘲诗就曾歌咏过把锐利的长冰碎片代替箭搭在弓上射击的方法。到了中世纪，据传那个意大利梅迪奇家族的某人，就用了这个方法实际杀人。归根结底，凶器的箭融化消失就是这个方法的特征。冰的利用方法还有很多种，关于这点我已经在其他章节《当作凶器的冰》详述过，这里就不再重复。除了冰以外最奇特的凶器，还有“太阳与水瓶的杀人”。这个我也写过好几次，此处省略不提。

我从西洋侦探小说搜集的奇异凶器案例有60余种，看小说的话很有趣，但只摘录方法，很多看起来就没什么了不起。若从中尽量挑出新奇的诡计，有一项是“利用加速度杀人”，虽然这对熟悉侦探小说的人来说并不稀奇。有一名男子的钢盔破裂，头盖骨碎裂死在马路正中央，还有一支小铁锤掉在旁边。要用那支铁锤敲裂钢盔，除非是比人类大好几倍的巨人，否则不可能办到。这是一起乍见下不可能的杀人案。而真相是凶手从高耸的塔上扔下铁锤。小铁锤再加上加速度，力道就非常大，也就是利用加速度杀人。

许多利用动物当作凶器的谜题诡计，也都很有意思。某部小说写过在棍子的末端安装和狮爪一模一样的金属配件，用来殴打杀人。那个地方附近没有狮子之类的动物，却有人被杀留下狮子的爪痕，令人感到一种怪谈气息的恐惧。

在火车上，有一名妇女死亡，头上有类似被铁拐杖打过的伤痕。检查过所有一起搭乘的乘客后，却没任何人有那种凶器。而且也找不到任何人有杀害妇人的动机。就在不可思议的杀人案件陷入迷宫时，名侦探发现了真相。有一辆货物列车的一节货车与这辆列车交错而过，上面运送的是牛。那只牛的头稍微从窗户探出时，这辆列车的妇女也从窗户探出上半身，因为火车慢行，牛角偶然撞到了妇人的头。因为在半夜，一起搭乘的乘客在睡觉，并未察觉这起事件。

有一名男子倒在路上死亡。警察也来了，大家议论纷纷时，名侦探现身。接着他表示这起杀人案的凶器是地球。异想天开的大型凶器很有意思。可是，这只不过是悖论，其实这名男子是从楼上的窗户坠落而死。换句话说，这名男子的致命伤，是因为撞到坚硬的地面造成的，而这起案件的凶器，也就是地球本身，这不过是悖论而已，但侦探小说对这种悖论可以营造出非常有趣的效果。

玻璃这东西也和冰一样用途很多。有个谜题诡计是用锐利的玻璃碎片杀人，再把玻璃上的血擦干净，然后放进案发处的金鱼缸底部。即使凶手在现场，也没有凶器。我们都知道刀子之类的东西，没办法在瞬间藏起来，不会有人察觉凶器竟然是金鱼缸底部的玻璃板。

把玻璃磨成粉，混在食物中让人吃下，玻璃粉就会刺穿胃壁引起出血，即使不死也会造成重病。有许多侦探小说都用此方法当作杀人手法。虽然这不算一种毒药，但也能视为一种细微的凶器吧。

在静脉注射空气，视状况不同可能会死，而这也是侦探小说中常见的杀人手法。毕竟注射的不是毒物，而是没有任何危险的空气，这样夺走人命，令人感到一种不同寻常的可怕。

《读完小说集》，昭和二十八年（1953）十一月增刊

密室诡计

锁维持原样不动，用螺丝起子把门的铰链拆下，再从那里打开出入，然后，再把铰链恢复原状。这个诡计无视锁头，完全着眼于其他地方，富于机智很有意思。只不过门的铰链若不在外侧，这招当然就行不通了。

有一间完全密闭的西式房间，所有的窗户和门都从内部上了锁，房间里有一人被杀。心生怀疑的人们因为没有备用钥匙，破门进入室内一看，发现一具横躺的尸体。然而奇怪的是不见凶手的踪影。这是一间从内关闭的房间，凶手理应无路可逃。仔细搜查天花板、墙壁、木地板，也完全没有暗门；暖炉的烟囱也窄到连幼童都无法通过；换气窗也一样狭窄。这种状况只能想象成有人如烟一般消失，或是他的身体像蛞蝓一样伸缩自如，从门下的缝隙爬出去了。

实在是令人毛骨悚然又不可思议的谜题。如果这些看似完全不可能的谜题，可以有合理的解答，那该是多么痛快，这就是密室诡计小说的起源。侦探小说的核心，就是把乍见下看似不可能的异常谜题，以机智与逻辑，条理清晰地解开产生的趣味。这种乐趣的典型就是密室事件。以文章描述的不可能状况，总会让人觉得某处仍有漏洞，难以给予读者不可动摇的感觉，然而如果是密室，特征就是具体得像几何学的图解，一点也没有暧昧的空间，能够传达给读者最明确的不可能感。因此，可以说以往的侦探作家，没有任何人一辈子都没描写过密室事件，而且甚至出现过一辈子都只写密室事件的作家。

在侦探小说史上，最早以这个密室的“不可能”为主题的作品，是坡的《莫尔格街凶杀案》，而这部坡的作品，以及勒胡问世晚得多的《黄色房间之谜》，都是启发中心思想的实际案件。我在距今四十几年前，曾读过 1913 年 12 月号的《斯特兰德杂志》（*The Strand Magazine*）写过这件事，现在还贴在笔记本上。扼要来说，这是西姆斯在距今约一百年前所写，一般认为时间大概是十九世纪初，在巴黎蒙马特的某间公寓最高层楼，有一个名叫罗丝·德拉寇（Rose Delacourt）的女孩住在距离地面 60 尺的房间，因为到了中午她都还未起床，警察就打破门进入室内，发现女孩躺在床上，胸口被刺死亡。凶器仍维持刺入的状态，看起来力道相当大，刀尖甚至穿刺到背后。窗户被从内部关闭，门是唯一的入口也被从内上锁，钥匙插在钥匙孔上，而且连门闩都上闩了。唯一的通道是暖炉的烟囱，但经过调查，再怎么瘦的人也无法通过，是不可能的路。没有任何东西被偷，侦查线上也没发现有仇家寻仇的可能。这起案件经过后来犯罪研究家的讨论，到了百年后的今天（1913）仍是未破案的一桩悬案。

其实叙述了密室之谜的故事，可以追溯至更远古的古代。公元前五世纪希罗多德的《历史》书中，记述了公元前1200年左右埃及王拉姆泼西尼德斯（Rhampsinitus）的故事，这里就已经能看出密室之谜的原始形态。这则故事是一名建筑技师奉命建造国王的宝库，他为了自己的孩子们，挖了一条可以通到外面的秘密地道，并留下遗嘱告知开启地道的方法，好让儿子们可以从地道潜入宝库偷出宝物。同样是希腊公元前二世纪的作家保萨尼亚斯，也在叙述建筑师阿伽墨得斯（Agamedes）与特罗丰尼乌斯（Trophonius）的故事时，写过同样有秘密地道的密室之谜。

还有一个古老的例子，是旧约圣经经外书（Apocrypha）中“贝尔的故事”。巴比伦王崇拜的偶像神明是贝尔［Bel，即马尔杜克（Marduk），巴比伦的守护神］。他们在神殿供奉了羊、谷物以及许多祭品，并关闭神殿的门再上锁，让任何人都无法进出，但祭品还是会在一夜之间消失。真是一起密室的怪事。本来大家相信这是贝尔神吃掉了，但一位叫但以理的青年，揭露了这个秘密的诡计。神殿内的祭坛下有一条秘密通道，祭司们半夜就从那条路悄悄潜入拿走祭品。

不管希罗多德还是圣经经外书，都有秘密的出入口，以现在的眼光来看，都是不名符其实的密室之谜，不过这么说来，坡的“莫尔格街”也是在内部折弯窗户的钉子，这也是不名符其实。那么，第一部毫无这种缺点的“密室”小说是什么呢？道尔的《花斑带探案》（收录此篇作品的《福尔摩斯冒险史》于1892年出版）与詹格威的长篇（1891年出版）几乎于同时期写出，不过比起《花斑带探案》的单纯，以密室而言，还是后者的长篇较有可读性。这部作品在西方虽然没有引起太多瞩目，但以当时而言，用的已经是最进步的密室诡计，此外，他也在这个重大谜题诡计领域居领先地位，在这层意义上，非得大大重视不可。

那么，让我试着把各种谜题诡计，大致分类为三种：①犯罪时罪犯不在室内②犯罪时罪犯在室内③罪犯与被害者都不在室内。再把这三种细分为以下所示。

我知道西方的作家尝试“分类密室”的两个例子。一是卡尔的《三口棺材》（*The Three Coffins*）的“密室讲义”章节，另一个则是克莱顿·劳森（Clayton Rawson）的《死亡飞出大礼帽》（*Death From a Top Hat*）（未日译）的“勿质问（Ask Me No Questions）”章节。后者是魔术师侦探马里尼利用了卡尔的小说主角菲尔博士的“密室讲义”，虽然他和卡尔的分类有些不同，但双方都大致分类为两种：A“真实的密室，罪犯不可能逃出，因此罪犯犯罪时不在室内”；B“假装的密室，罪犯犯罪后逃脱，之后构成密室”。比起卡尔的菲尔博士把A分为七项、B分为五项；马里尼则把A分为九项、B分为五项，还加了一项新的C。

我的分类则是参阅两者，统一原理比起两者稍微不同，也加了一些两者都没有的东西，为了对照方便，我在各项目后面加上括号，以（F·A·1）（M·B·2）的方式附注。F的意思是菲尔博士的分类；M则是马里尼的分类，A、B是两人各自的大分类；1、2之类的则表示各自小分类的项目编号。

A 犯罪时，罪犯不在室内者

1 透过室内的机械装置

（F·A·3）（M·A·4）

★拿起电话的听筒就从通话口发射子弹。★在听筒通过强大电流，杀死拿听筒的人。★先在墙洞上安装手枪，盖子一拿起来就会发射。★只要转动座钟或挂钟的发条，时钟内部就会发射子弹。★在天花板上用线高挂沉重的匕首，再把线沿着墙壁延伸到地板，被害人进入室内把门上锁后，走两三步就会绊到线，此时天花板的线就会断掉，匕首从被害人上方落下。★房间从天花板垂吊很重的花盆，再用一条带子往另一边拉紧，只要被害人碰到那条延伸的带子，花盆就会摆荡撞击被害人的头。★先在床上安装散发毒气的装置，于睡眠中杀害睡着的人。★利用冰融化或冷冻时的重量变化，用铁丝之类的机械装置让装在墙壁的手枪发射。★透过化学药品定时纵火。★利用时钟与电流做定时炸弹引起火灾。以上全都是知名作家的范例，但构造太过机械性，不免会沦为幼稚的谜题诡计。

2　从室外远距杀人

（窗户稍微打开，不过位于离地三楼以上的房间，不可能从窗户入侵或逃脱，或是有小缝隙的密室）

（F・A・6）（M・A・6）

★从对面大楼的窗户，把没有刀锷的匕首装在枪里发射。★透过窗户射进用岩盐制成的子弹，岩盐会在被害人体内溶化。★被害人从窗户探出头时，从高一层楼的窗户降下环状的绳子，把对方的头吊起来勒死，并直接把尸体从后面的窗户降到地上，共犯再把尸体挂在当地树林的树干上假装成上吊而死。★把从窗外射击的手枪扔进室内，事先在被害人衣服上留下火药痕迹，再假装成从室内被射击的样子【以下情况是窗户或缝隙在一楼的密室】★在夜晚用伸缩铁（lazy tongs，型的伸缩玩具）从稍微打开的窗户缝隙，夹取室内桌上的凶器，换成其他凶器以湮灭证据。★把绑了丝线的毒箭从缝隙射入，杀死被害人，之后再用线拉到外面。

除此之外，还有许多无法以几行字就说明清楚的这类谜题诡计，但若要只举出一个非常知名的作品例子，那就是★被害人在密闭的房间被细小的毒箭射中胸口而亡。没有任何缝隙，就连通风孔也蒙上了精细的铁丝网。窗户玻璃与门的镶板也完全没有被拆下的痕迹。尽管如此，名侦探却断言“这间房间有方形的窗户”。警官再怎么想也没发现方形的窗户。他说的是纯西式房间一定会有的方形窗户。那么，究竟在哪里？——谜底揭晓，就是门的把手（knob）。圆形握把的门把轴心金属是方形的棒子。贯穿的洞也是方形，在门里的方形孔本身可以转动。把这个方形的棒子嵌进圆形握把的部分，再用螺丝钉固定。首先用螺丝起子把外面握把的螺丝钉卸下，只剩下轴心，再用细铁丝捆绑，悄悄把轴心往室内推下去，因为绑着铁丝挂在空中，不会掉到地上。之后打开一个小的方形孔洞，这就是“方形窗”。凶手看准被害人从内部靠近门的机会，从这个洞用短弓射进细小的毒箭。达成目的后，善后顺序是巧妙地拉上铁丝，把轴心按照原样拉出来，握把也用螺丝钉固定，再擦拭指纹后离开。

美国有位少年作家挑战了这个诡计。方形窗也很有趣，但他表示门上有个更简单的盲点。那就是有两间房间，里面的房间有一名男子坐着，他将成为被害人。两间房间交界的门与墙壁形成直角。里面的房间除了那道门以外，绝对没有缝隙。隔壁的房间面对道路，窗户开着，也有一道可以外出，开放式的门。那间隔壁房间的窗前椅子上，坐着一个女人。在这种状态下传来枪声，里面房间的男子被击毙。这种状况下可以开枪的，除了隔壁房间的女子以外没有别人，虽然她被怀疑杀人，但却不是真凶，也没找到凶器手枪。这个谜题揭晓的答案是——新型的门有大型铰链，开门与墙壁呈直角时，铰链处就会留下宽约一寸的纵向长缝隙。身为手枪高手的真凶就是从隔壁房间的窗户，透过那个缝隙射杀被害人。而女子背对窗户坐着，才会不知道发生了什么事。

3　利用被害人自己的手致死而非自杀的诡计

（F·A·2）（M·A·3）

★这个方法是治疗蛀牙时，利用在蛀牙上涂橡胶的出血空隙，把直接混入血中才有效的毒药“箭毒”（Curare）掺入装有止痛药的小瓶子，交给被害人，要他半夜服用。被害人在密室中吃了药，箭毒就从牙齿的出血位置进入血管致死。凶手再混入发现者当中，抢先进入室内把关键的小瓶子藏起来。★利用事先造成怪谈式的心理恐惧感，或是从室外放入有毒气体之类的方法，让被害人陷入精神错乱，令他头撞家具，或用持有的凶器自杀（菲尔博士的讲义例子）。

4　在密室内伪装成他杀的自杀

（F·A·4）（M·A·2）

★请参阅其他章节“当作凶器的冰”的“冰匕首”。在密室中进行那个杀人手法就是这个谜题诡计。★横沟正史的《本阵杀人事件》也是好例子。

5 伪装成自杀的他杀

（F、M 都没有）

★有一名修行者独自在巨大的文理中学建筑物中闭门不出，进行断食的苦行修行，过了好几天仍旧没出来，门又被从内上锁，破门检查后发现，修行者已经躺在床铺上饿死了。床铺旁的架上摆着各种丰富的食物，却完全没被碰过。断食修行者的意志力让人们为之惊叹。可是，这其实是他杀案件。修行者保了巨额的生命保险，而受益人是四个印度弟子。四名弟子贪图那笔保险金，用了奇特的方法杀死修行者。他们安排修行者在室内吞下安眠药，趁他熟睡时，先准备好四条有钩的长绳索，四人爬到文理中学的高耸屋顶上。屋顶的顶点有一扇采光窗。虽然人无法从那里出入，但可以从排气的横梁缝隙把手伸进去。四人各拿着一条有钩的绳索，从那个缝隙垂下绳子到室内，把钩子挂上修行者床铺的四支脚，再合力把床铺吊到天花板附近。然后，把绳索绑在采光窗的竿子上让床铺悬空，他们再爬下屋顶离开。文理中学的天花板非常高，再加上修行者有惧高症，即使他从睡梦中醒来，也不用担心他会跳下来。即使眼前架上就摆着食物，也束手无策。几天后，四名坏蛋再次爬上屋顶，亲眼看到修行者饿死后，再拆开绳索把床铺降回原来的地方，之后故意破门，假装成发现修行者死亡。虽然这个故事好像太离奇又荒唐，但《陆桥谋杀案》的作者，同时也是《侦探小说十诫》的笔者诺克斯写过这则故事，并入选为三大杰作集之一。★从上一层楼的窗户吊起脖子，挂在树枝上假装成吊死的诡计，思维方式也是属于这个项目。

6　罪犯并非在室内的人类

（F・A・6的文中）（M・A・5）

例如坡的《莫尔格街凶杀案》的人猿、道尔的《花斑带探案》的毒蛇，以及其他章节提过的鹦鹉偷宝石等等。（后两例也属于窗户半开或有缝隙的密室）这一项最巧妙的是我在其他章节《奇特的构思》写过的太阳与水瓶的杀人。波斯特或江户川算是此项的第一人。

B 犯罪时，罪犯在室内

1 在门、窗或屋顶上安置机械装置

这个方法是初期最常用来构成密室的诡计。我在大正时代读到詹金斯的短篇诡计是，罪犯离开外出后，把嵌入门内侧钥匙孔的钥匙用镊子与线的装置转动，就能从门外把内侧上锁，这让我觉得非常有趣，但后来以范·达因为首的许多作家，想出了这个结构的所有变形，现在这种诡计已经是陈腔滥调，没有任何人会用了。

ⓐ 首先从安装在门上的机械装置开始。窗户的机械装置不过是这个方法的应用，之后我再简单说明即可。所谓门的装置，就是凶手杀死被害人后，把尸体留在房间里自己从门离开。接着关上门从内上锁，之后再制造出这种情况。换句话说，这是从外转动内侧钥匙上锁的方法。这样一来，凶手绝对不可能逃脱的不可思议条件就成立了。

这有三个条件。一是这种场合的钥匙只能有一

把，完全没有制造备用钥匙的剩余时间，必须先对读者表明这种状况；另一个是西式的门，钥匙孔可以从两面打开，不管从内或从外钥匙都插得进去；第三是西式的门在门的下方与地板之间一定有些许的隙缝。以上三点就是这里所写的诡计的前提条件。

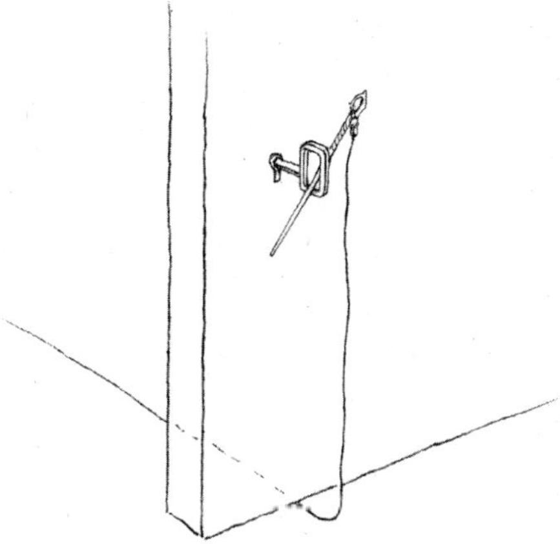

第一图

门锁分为普通锁、插入锁、门闩三种，关于这三种各自有不同的诡计设计。

①钥匙的情况（F・B・1）（M・B・1）（参阅第

一图）。★罪犯在外出前，从门内把钥匙插入钥匙孔，再把火筷子之类的东西插入钥匙底部的环状处，另一端绑着牢靠的丝线，然后垂下丝线，从门和地板之间的缝隙拉出门外。接着外出后关上门，把线拉到走廊，旋转火筷子上锁，火筷子就会自然落下。再用线从缝隙往外拉出火筷子，收进口袋后离开。若不用火筷子，只要用任何金属的棒子都可以。竹棒或木棒的重量不足，可能有无法顺利落下的疑虑，也可以用镊子。如果钥匙没有环形处，可以用镊子夹紧，压住钥匙底部扁平的地方也有相同的作用。要让这种状况的镊子掉下来，需要稍微用力拉扯。

★在小说中这个方法虽然有趣，可是实际上需要解决的问题不用这么麻烦。只要准备用薄钢铁制成的镊子型器具，末梢不尖又薄，有锉刀齿目以免滑进内侧的工具即可。罪犯先在内侧的钥匙孔嵌入钥匙，外出关上门后，从外侧的钥匙孔悄悄插入这个工具的末梢，再往内掏取夹住从内侧嵌入的钥匙末端，使劲一转锁上即可。这个方法以小说而言一点也不有趣，但实际上好用多了。这个工具在美国等地的犯罪界广为人知，甚至有“oustiti”的名称[①]。

②插入锁的情况（F·B·3）（M·B·1）（参阅第二图）。★把镊子使劲扣入插入锁的底部，先确认稍微施力不会移动，再用长丝线绑在镊子底部。然后在插入锁移动方向的墙壁上，用力刺进大头针当作支点。把镊子的线挂在这根大头针上，下垂从门下的缝隙拉到外面，只要拉动这条线，插入锁就会正好扣入。更用力拉线，镊子就会脱落掉到地板上。然后再

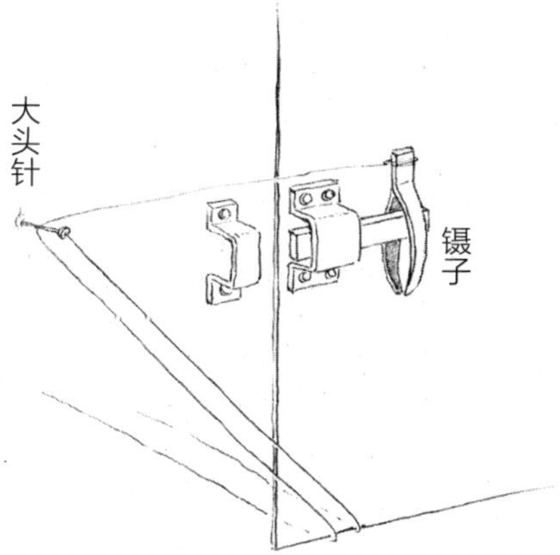

第二图

① 特指这种开锁工具，编者注。

用线从缝隙拉出。可是，光是这样做，墙壁还会留下大头针变成线索，因此大头针的头也要事先用另一条丝线绑住，任务完成后再拉那条线，把大头针也从门下的缝隙拉到外面。此外还有各种做法，不过全都是应用这个原理。

③门闩的情况（F・B・4）（M・B・1）（参阅第三图）。★门上有门闩，柱子上则有插闩处，或是相反的情况。门闩只要扣入插闩处，门就打不开了。这种情况下，要避免门闩扣进插闩处，把门闩稍微往上抬，在门闩根底与门板之间，用木头或纸都可以，先嵌进楔子（图示的黑色三角形是楔子）固定。然后用丝线绑住这个楔子，也一样从门下的缝隙把线拉到外面，再拉这条线把楔子拖出。这个装置的楔子脱落后，门闩就会自然扣上。

★这个楔子有时也会使用蜡烛与冰。关于冰的楔子我已经在其他章节“当作凶器的冰”的“密室与冰片”详细说明过，这里就省略不提；而蜡烛的装置是，把蜡烛夹在插闩处与门闩之间，点火等蜡烛烧完时，门闩就会锁上，但这么做就会有蜡残留在附近，

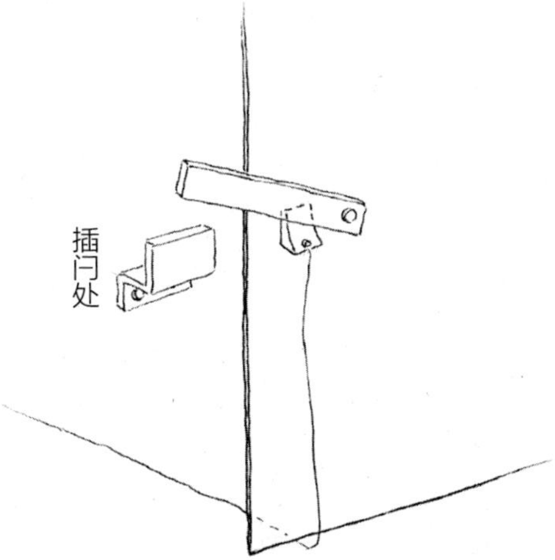

第三图

提高了被发现的风险。★此外，某位知名的作家想出了从门外贴上强力磁铁移动门闩的方法，不过磁铁缺乏机智，不算什么太让人佩服的诡计。

④以上是西式门的结构。★日本的玻璃格子门或玻璃窗门，通常都有**旋入锁**，因此日本的小偷想出了从外面把锁卸下的诡计。那就是把既薄又细齿的锯子，插进门与门的接缝，再用锯子的锯齿紧贴旋锁的旋转部分，有耐心地朝开锁方向移动锯子，就能把锁

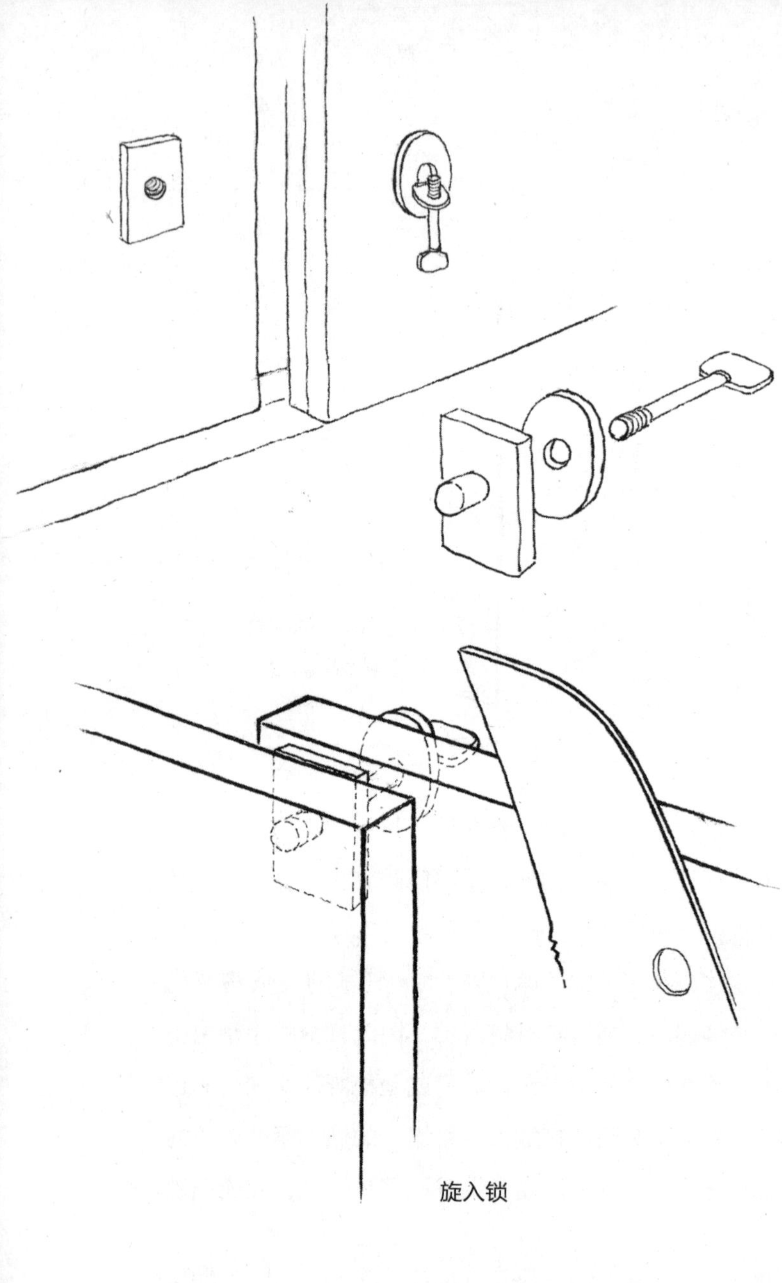

旋入锁

解开。写这种东西或许会被批评我教人犯罪手法，但这是小偷界众所周知的事，事已至此，就算没人教也是家喻户晓。比起小偷，被害人都不太知道这回事，因此我写这件事，是为了警告一般人，我想反而很有意义吧。日本的小偷虽然不会打造密室之类的，但若把这方法应用于密室，也算是一种诡计。

⑤卸下门的铰链（F·B·2）（M·B·2）。★根据卡尔所述，这是西方的小孩要从上锁的小橱柜等地方偷点心时常用的方法。锁维持原样不动，用螺丝起子把门的铰链拆下，再从那里打开出入，然后再把铰链恢复原状。这个诡计无视锁头，完全着眼于其他地方，富于机智，很有意思。只不过门的铰链若不在外侧，这招当然就行不通了。这个谜题诡计从詹格威以来，侦探作家也常常书写。

⑥利用错觉的神速技法（F·B·5）（M·B·5）。★罪犯拿钥匙外出，从外把门上锁，再把钥匙放进口袋。然后，当罪犯化身为事件发现者之一，破门进入室内时，趁大家跑近尸体的空隙，再把口袋的钥匙悄悄插进门内侧的钥匙孔。通常检查门的时间都是在确

认尸体后，此时人们就会误信门已经从内反锁。★这种情况，如果门上有一扇可以自由开关的换气窗，就不需如此麻烦，只要从换气窗（或者如果门下的缝隙够大，从门缝也可以）往室内扔进上锁的钥匙，基本上即可达成目的。可是，这么做并不像插进内侧钥匙孔，可以提供强而有力的证据。

⑦两把钥匙的诡计（F·M 无）。★准备两把相同的钥匙，一把插入门的内侧再外出，关门后用第二把钥匙插入外面的钥匙孔，挤下内侧的第一把钥匙掉落室内。然后再直接从外面上锁就形成密室了。不过，这种情况也只能得到从换气窗扔进钥匙的类似效果。

ⓑ 安装在窗户的机械装置。★窗户的诡计自从坡的《莫尔格街凶杀案》以来，也有各种设计。坡的诡计秘密说白了，就是在内部折弯固定窗户的钉子，其实任谁都能开关，因此以密室诡计而言并不名符其实。日本的窗门常见的是旋入锁；而西式可以上下滑动的玻璃窗门，用的则是类似门闩的卡扣。只要能从外面关上这个门闩，就能形成密室。窗户也是使用细绳或铁丝，不过窗户不像门有方便的门缝，因此要让

玻璃有孔洞，再从洞把细绳或铁丝穿出来，操作方式和门一样。★有些作品为了制造这个玻璃的洞，会事先朝玻璃开枪，目的就是穿孔。如此一来，那发枪击就会启人疑窦，又和真正犯罪的时间不一致，令谜团更加复杂，小说就更有趣了。把夸张的开枪当作得以构成密室的手段，有一种似非而是的趣味（以上F·M无）。

★也有不需细绳或铁丝的方法（M·B·3）（F·无）。那就是拆下一片窗户的玻璃，手从那里锁上卡扣，再把玻璃装回原样，然后涂上补土。只不过，这个方法的补土很新，提高了被发现的风险。

© 抬起屋顶的诡计（F·M无）。★诡计的题材用尽后，作者想出了极端的方法。这个新奇的想法是，从门窗下手太温和了，何不直接把屋顶抬起来呢？三四年前入选奎因推理杂志比赛的“第五十一号密室”写的就是这个方法，门窗本来都是完全的密室，罪犯用千斤顶把部分屋顶抬起来，再从那个缝隙出入，之后再把屋顶放下恢复原状。我认为这个方法有可能因为屋顶的构造无法使用，而且即使放下屋顶也绝对无法恢复原状，但因为屋顶完全正中搜查的盲点，也不须担心有人会检查那种地方。这个想法应用在门上，就是不着手处理上锁的地方，反而选择拆掉铰链，移动整片门，从这个构想再延伸，具有一种出人意料的机智。

★然而，日本的某位作家倒是更进一步想出了难得的主意：不是抬起部分屋顶，而是用夹在大树树枝的老虎钳与绳索，像掀盖一样往上吊起组合小屋的整片屋顶，再从那里进出。这样一来，就没办法正经地写了，要是不用切斯特顿风格的幽默来看待，这个方法终究是失败。

★只不过，人上有人，两三年前我听双叶十三郎提过，美国的作家想出了更极端的方法。构想是先在野外杀了人，并在尸体的上面匆忙盖一间小屋，用来制造密室。如果是简单的小屋，一夜就能盖好，这也并非不可能。实在是异想天开的难得方案。

2 假装犯罪时间在实际发生时间之后

ⓐ 假音诡计（F · M 无）。★凶手在杀人后，透

过前述施行在门上的机械装置制造密室再离开。之后有第三者经过房间前面时，再隔着门传出已经被杀者讲话的声音。这样，即可制造这个时间被害人还活着的证人。另一方面，凶手在这个时间于其他地方和朋友之类的见面，制造不在场证明。于是，除了不可能的密室以外，被害人还活着的时候，凶手正在和朋友聊天，即可构成他一直没靠近现场的铁证。谜底揭晓——凶手瞒着被害人，事先把被害人说话的声音录进留声机的唱片，杀人之后，在密室内安设好唱片，并在适当的时间播放出来。★若用手枪杀人取代唱片，实际杀人时用的是消音手枪，然后在暖炉中安装烟火，并延长导火线，等到凶手在其他地方与第三者说话时，再让烟火起火燃烧，烟火声就会误导此时才是进行杀人的时间，而凶手则有确实的不在场证明，免于被怀疑。★还有方法是，用钝器殴打杀人，先在密室内设好让东西倒下或掉落的装置，在犯罪后间隔许久，响起这个响声时，就会让人以为此时才杀人。★此外，还有一招是凶手为腹语师，在制造密室之后，可以等门外有第三者经过，用腹语术模仿被害者说话，让别人听起来像门内传来的声音，假装人还活着。

ⓑ 视觉欺骗（F · M 无）。★前述为骗过耳朵，而这里所述的则是骗过眼睛。晚上有个靠在桌子的人影映在二楼的窗帘上，其实那是已经被手枪打死的尸体影子。庭院有一场烟火会，凶手利用了那扇窗户暴露在众人目光下的机会，改变了尸体的方向，并避免自己的影子映在上面。假装成还活着的人影，蒙混杀人的时间，而且又构成密室，凶手有完整的不在场证明。还有许多其他诉诸视觉以蒙混犯罪时间的诡计，但大多无法简单写明白。无论哪一个，原理都和此方法相同。

ⓒ 此外，也有一人分饰二角的诡计与密室诡计的组合（F · A · 5 为这个变形）（M · A · 7）。罪犯或共犯在犯罪后，乔装成被害人出现在其他人面前，借以制造不在场证明。

ⓓ 这种谜题诡计最出色的是勒胡的《黄色房间之谜》。（F · A · 1）一名对罪犯有好感的女子，在卧室被罪犯殴打至重伤，但女子为了掩护罪犯，隐藏重

伤，关在卧室闭门不出。之后过了一阵子，她在卧室从内反锁睡着的期间，做了噩梦从床铺掉下来，发出响声。在门外的人们吓了一跳敲门却没回应，破门而入后发现，女子倒在床上不省人事。检查发现她身上有严重的挫伤，那并非从床上掉下来会造成的伤痕。可是女子却绝口不说出被罪犯殴打的真相，只能判断为声响传出时，罪犯在室内，而破门时，他却从毫无出口的房间消失了，形成一起不可思议的密室事件。我这么写出来就不有趣了，但《黄色房间之谜》这个利用了心理盲点的诡计，是自古以来所有密室诡计当中，写得最出色的一个。

3 假装犯罪时间在实际发生时间之前

（M·A·8）（F 无）这是密室中的神速杀人。关于这一项我已经在其他章节《意外的罪犯》的③“事件的发现者是罪犯”的部分详细说明过，这里就不再重复。

4　最简单的密室诡计

（M·C）这一项在劳森的主角马里尼的密室讲义中出现，卡尔的菲尔博士讲义则没有，虽然这是除了A、B以外另设C项的得意诡计，但其实是哄小孩的把戏。这方法是罪犯在犯罪后不离开房间，等着门被撬开。然后等门一打开，把身体藏在开启的门与墙壁之间，趁大家跑近尸体的空档，逃到室外。乍见下好像很愚蠢，但以实际状况来说，总觉得有意想不到成功的可能。

5　火车与船的密室

行进中的列车、航海中的船都与外界隔绝，因此列车或船本身就构成了密室。特别是西方火车的包厢，正是合适的密室舞台，因此小说经常使用。飞机也一样，但也许是很难设计诡计，我不知道有什么作品把客机用来当密室诡计的地点。这些作品都只是改变密室的舞台而已，诡计的原理与建筑物相同。

C 犯罪时，被害人不在室内者

（F·A·无编号）（M·A·9）

密室事件中被害人不在室内听起来很不可思议，但可能是★在其他地方被杀的尸体被带进这间房间构成密室，★或被害人受了重伤，再走到这间房间，因为某种理由从内反锁房门后死亡。那个理由可能是下列其中一个：为了掩护罪犯，或害怕伤害自己的敌人追过来。这些情况下若被害人断气了，旁人就会完全不明所以，成了非常不可思议的事件。既然构成密室，就会怀疑是罪犯制造了密室，因此才更让人搞不懂。越熟悉密室诡计的人，越容易被这招骗。这算是密室小说的一种将计就计吧。★有位知名作家也属于这一项，他想出了投掷人体的新奇诡计：从已成密室的美术室高处窗户，扔进在室外杀害的尸体，再假装成在室内被杀的样子。

D 逃脱密室诡计

这一项有两种意思。★一是在高楼上，窗户开着的密室，罪犯在犯罪后，用走钢丝或其他杂技从高处的窗户逃脱的诡计（M·B·4）（F·无），以及★另一种是越狱的诡计（F·M 无）。这是密室诡计的相反诡计，以诡计分类而言，似乎还是放进此项比较妥当。实际越狱有各种巧妙的手段。在怀表的发条加上像锯子的齿状物，坚持不懈地摩擦窗户的铁条，制造出逃脱的路；或一点一滴地积存狱中业余工作使用的材料，例如布或纸，再搓成长绳，用这条绳子从高处窗户垂吊而下。这些方法虽然有趣，但和侦探小说的谜题诡计性质不同。美国的胡迪尼这位伟大的魔术师，他巡游世界各国，表演逃脱监狱，也表演过被关进保险箱中，再逃脱出来。这当然是一种诡计，但很少能用来当作侦探小说的谜题诡计。胡迪尼传记中揭露了各种诡计的秘密，是非常有趣的魔术蓝本。★以越狱诡计而闻名的小说有卢布朗的《罗苹逃狱》、福翠尔（Jacques Futrelle）的《逃出十三号牢房》（*The Problem of Cell 13*）、劳森的《无头女郎》（*The Headless Lady*）等等。罗苹的诡计是在单身牢房里装病长时间卧床，趁此时易容，拘提上法庭时，已经判若两人，让人以为是冒牌货，于是被释放。★福翠尔的主角是学者名侦探，为了测试能耐而入狱，他从牢里出现老鼠，推测出地下有不再使用的古老下水道通过。他有耐心地驯服老鼠，用衬衫拆下的线，绑在老鼠脚上，赶进地板的洞中与外界联络，结果外面为他送进了用来弄断窗户铁条的硝酸小瓶，这个诡计描写得十分巧妙，以小说而言非常有趣。《无头女郎》终于已经有日译本，但这个诡计我无法简单说明，这里就不谈谜底了。

昭和三十一年（1956）五月，

为了本书新写的内容

隐藏方法的诡计

卡尔的某短篇作品，藏凶器的方法很有趣。有一人在室内被锐利的匕首杀害。这间房间算某种密室，凶器绝对不可能拿出房间，尽管如此，房间里却怎么也找不到匕首。看起来似乎达成了不可能的任务。

“躲好了没？”“还——没。”捉迷藏的趣味就在机智与紧张感。在我小时候，名古屋地区有个名叫“藏垃圾”的游戏。一个小孩在地上画出方形的区块，再把某种特定的垃圾，如火柴棒之类的木头、稻草碎块或小石子之类的埋在区块中的土里藏起来，让其他的小孩找出来，算是把“捉迷藏”缩小至极端的游戏。我小时候觉得这个游戏好玩得难以言喻。

青年时期，我和朋友两人没零用钱无聊时，曾经想出稍微扩大“藏垃圾”的游戏自娱取乐。我和朋友们互相轮流负责藏东西，譬如把一张名片藏在桌上某处。桌上乱七八糟，摆着书本、砚台、香烟、烟灰缸，以及其他五花八门的东西。游戏是在这张桌上的丛林中藏进一张名片，我用的手法是，把当时流行的朝日或敷岛的香烟纸烟嘴，抽出口部内芯的厚纸，用那张名片卷成细卷代替插入。也想出把名片整面涂墨，贴在黑色盆子里藏起来的办法。这个游戏可以充分排遣整天的无聊。

侦探小说也时常采用这个“隐藏”的趣味，亦即罪犯躲，侦探找。其中最出色的例子，应该算是坡的《失窃的信》。他的手段是抓住相反的心理，以故意抛到眼前来取代隐藏。切斯特顿则应用这个方法藏人，写了《看不见的人》。邮差的职业成为盲点，即使近在眼前也不知道。这方法也应用于奎因的长篇小说《X的悲剧》。列车售票员与渡船的剪票钳成了障眼法。明明一直在眼前，却完全没人察觉。

说到谜题诡计，肯定是用来把一切万物藏起来的诡计，而我试着回忆起几个自古以来藏东西和藏人所用的诡计。藏东西方面，以宝石、黄金、文件之类的最多，查阅我以前做笔记的“诡计表”结果，首先是藏宝石类的地方，有些比较极端的，像是塞进罪犯自己身体的伤口里、让鹅吞下、罪犯自己吞下等等；一般藏东西的地方，则有肥皂里、奶油瓶的奶油中、包在口香糖里、把项链挂在圣诞树的亮晶晶装饰上等等。

吞进宝石，之后在排泄物中找出来，或是妇女藏在阴部，这些以小说来看反而很普通；而藏在伤口的办法，为了藏小东西伤害自己的身体，或是掀开已有的伤口塞进去，这种要忍受巨大痛苦的描写，有种奇妙的刺激感。我笔记里有关这个诡计的范例，是毕斯顿的《负面的夜光珠》，不过应该还有其他例子。歌舞伎的“血达磨”戏剧中，在土墙仓库中被烈火包围的主角，为了救主人家的一幅卷轴宝物，切腹后把宝物塞进自己肠子里的构想，虽然不是为了“隐藏”，但这算是这种题材最具惊悚感的一个吧。

而小说构想有难以忘怀的奇妙趣味，则是道尔的《六座拿破仑半身像》（*The Adventures of the Six Napoleons*），同样造型的六座石膏像，不知道哪一座藏了宝石，以及同样是道尔作品的《蓝石榴石探案》（*The Adventure of the Blue Carbuncle*），宝石被鹅吞下藏了起来，却不知道是哪只鹅。亚瑟·莫里森（Arthur George Morrison）的长篇作品《十一之瓶》（*The Green Eye of Goona*）也用了相同的构想。

罗伯特·巴尔（Robert Barr）的短篇作品中，有篇很奇特的藏金币诡计。有个老人是守财奴，藏了一笔庞大的金币不用，等他死后，那笔金币下落不明，怎么找也找不到。找遍了家里，连天花板和地板都翻过来找，还是找不到，也没有埋在地下的迹象。然而，金币还是不断暴露在寻找者的眼前。老人生前采购了火炉、风箱，以及铁砧等工具，看来是用来做打铁之类的行为。其实他是把所有金币都熔化，制成压延金属板，再打制成像纸一样薄的金箔，贴在全家的墙壁上，然后上面再贴一层普通的壁纸藏起来。把金币延展成令人惊讶的面积，充满每间房间，这种出乎意料的藏法很有意思。

卡尔的某短篇作品，藏凶器的方法很有趣。有一人在室内被锐利的匕首杀害。这间房间算某种密室，凶器绝对不可能拿出房间，尽管如此，房间里却怎么也找不到匕首。看起来似乎达成了不可能的任务。可是，其实这个情况也是凶器不断出现在寻找者的眼前。凶器就是锐利的玻璃碎片。室内有大金鱼缸之类的玻璃容器，凶手把碎片沉入其中躲避察觉。当然放进水里以前，要把血擦干净。

也有人用类似的诡计消灭凶器，而不是藏凶器。那就是利用锐利的冰碎片或冰柱当成匕首，不久这个凶器就会融化消失了。关于这种诡计我已经在其他章节《当作凶器的冰》写过，这里就不再重复。

藏文件或纸片的地方，经常用的方法是把圣经之类的厚书皮剥下，把纸夹在中间，这是很普遍的方法。我则把纸币藏在花盆的土中，这就更普遍了。可是西方也有花盆的例子，克劳夫兹就用在某短篇作品中。卢布朗的《水晶瓶塞的秘密》把纸片藏进义眼的空洞中，应该算是藏东西的奇特手法吧。和这个类似的，还有藏自杀用的毒药地点，菲力尔帕茨（Eden Phillpotts）用了义眼，而使用假牙的情况也经常出现。

侦探小说中藏人的地方也有各种新奇之处。例如重大罪犯因犯下其他轻罪入狱，把监狱当作藏身的地方，还有装病住院的手段，都经常使用。先前提过罪犯假冒邮差或列车售票员的手法也很有趣。切斯特顿是想出非凡新奇诡计的高手，这个“藏人”的手法也是他最为引人注目的构想。囚犯在越狱逃跑的路上，有一场大宅邸的化装舞会。越狱的囚犯身穿那件粗条纹的囚犯衣服，直接混入人群中，瞒过追捕者的眼睛。在宅邸内假扮成囚犯是绝妙的主意，还获得了掌声。

在道尔的短篇作品中，有个诡计是利用警官包围的宅邸内刚好有人病死，于是做了一个比一般还大的棺材，和死人一起躺进棺材抬出宅邸外，瞒过警官。克里斯蒂的短篇作品中，则有诡计是罪犯钻进妇女床罩的下摆，巧妙利用回避妇女床铺的心理。拉蒂默（Jonathan Wyatt Latimer）也在《被偷的美女》（*The Lady in the Morgue*）中用过相同的构想。

更简单的戏法则是罪犯假扮成稻草人骗过警官的眼睛（切斯特顿），或是假冒成蜡像［卡尔《蜡像馆里的尸体》（*The Corpse In The Waxworks*）、我的《吸血鬼》］等等。

以上是藏活人的方法，而藏尸体的诡计则有非常多例子。我的“诡计表”大致分类为四种：①永久隐藏的诡计②暂时隐藏的诡计③移动尸体隐藏的诡计④无脸尸。

①永久隐藏尸体的方法，包括埋到地下、沉入水中、用火灾或火炉烧毁、以药物溶解（日本的例子如谷崎润一郎的《白昼鬼语》）、封进砖块或混凝土的墙壁［坡的《一桶阿蒙蒂亚度酒》（*The Cask of Amontillado*）、我的《帕诺拉马岛》］等等，大多是任

谁都能想到的构想。不过也有像邓萨尼（Lord Dunsany）的《两瓶调味料》（*The Little Tales of Smethers*），把尸体吃掉的稀奇例子，他把尸体制成碎肉，做成香肠（德国的实例），或是把尸体镀金做成铜像（卡尔）、形成尸蜡（我的《白日梦》）、投入水泥炉中做成水泥粉（叶山嘉树《水泥桶中的信》）、掺进纸浆做成纸（楠田匡介《人间诗集》）、绑在气球上"埋葬"于空中（水谷准《我的太阳》、岛田一男也有相同方案）、把尸体冻成冰再打得粉碎（北洋的作品）等等，不胜枚举。

②暂时隐藏的诡计，例子有克劳夫兹的《木桶》、奈欧·马许（Ngaio Marsh）的羊毛捆、尼可拉斯·布莱克（Nicholas Blake）的雪人［塞克斯顿·布雷克（Sexton Blake）也出现过这个，我也在《盲兽》等作品用过，其他还有很多例子］、卡尔的蜡像、我的生人偶与菊人偶，藏在大垃圾桶的手法，我也在《一寸法师》用过，切斯特顿也在《孔雀之家》（*The House of the Peacock*）用过。大下宇陀儿的《红座的庖厨》则是藏在冰箱里。

切斯特顿的作品有个极端的谜题诡计：有位将军

因私怨在战场上杀了部下，为了藏尸体，开始了一场必输的战斗，让我方的尸体堆积如山，再把因私怨杀死的尸体伪装成战死。为了一个人屠杀几十人，有一种残暴与滑稽交杂，不可思议的况味。

③移动尸体隐藏的诡计，例子有卡尔的长篇与切斯特顿的短篇，把尸体从杀人现场搬到完全不同的地方，让人以为是在后面的地点杀人，基本上是为了增加侦查困难的诡计，而这个方法只要再添加各种奇特的计谋，就能产生无数的形态。

切斯特顿研究出一个奇特的谜题诡计：户外有声响，引被害人从窗户探视，再从上一层楼的房间，降下环圈套住他的脖子往上吊，再直接从建筑物后面的窗户降下，交给在地上待命的共犯，共犯再将那条绳子绑在树枝上，假装成上吊自杀。

移动诡计中，则以使用火车屋顶带给人意想不到的趣味最有意思。这些诡计的先锋是道尔的《布鲁斯·帕丁顿计划探案》；而布赖恩·弗林这位作家则在长篇作品《路上杀人事件》把火车换成两层的公共马车，同样用了这个诡计设计；日本则有我的《鬼》、横沟正史的《侦探小说》借用过这个构想。把尸体放在货物列车屋顶，尸体会在遥远的转弯处被甩到地上，就会看起来像在此地点发生命案。

另一种引人注目的构想是，罪犯本身无作为，是被害人自己走路移动，增加侦查的困难。范·达因的某长篇作品，被害人被锐利的刀具刺伤，却没意识到是致命的伤害，走到自己的房间把门从中反锁，并在房里断气，令这起杀人事件呈现非常不可思议的外貌。这是很类似落语《首提灯》的故事。卡尔更进一步在某长篇作品写了不可思议事件的故事：一名在屋外被枪击头部的被害人，满不在乎地走回家才断气。而且，为了避免读者批评这种事怎么可能办到，他引用了犯罪史上的实际例子，即使头部受到枪击也不会立即死亡。

卡尔设计出移动尸体的各种方法，虽是长篇作品的核心诡计，但必须先组织复杂的状况，难以简单说明，而极端的例子，则是隔着走廊扔掷杀害的尸体，假装成被害人好像在尸体的掉落地点被杀害。大坪砂男的《天狗》则是更极端地运用这方法，利用投石器的装置把尸体投掷到远处。有一种杂耍是把自己当成炮弹从大炮发射，若把这个用在侦探小说，也算一种谜题诡计，投掷尸体或发射尸体，肯定是一种切斯特顿风格的卓越幽默诡计。

和这个类似的，则有我现在忘记作者名字，侦探杂志《LOCK》的得奖作品，用铲雪机把尸体撞出去，制造奇异状况的故事十分有趣。

利用潮水移动尸体或载有尸体的船，让侦查变困难的诡计也经常使用。西方的合著小说《漂浮的上将》(*The Floating Admiral*)、日本苍井雄的《黑潮杀人事件》、飞鸟高的某作品、岛田一男的某作品等等，可以见到这个例子。

关于④“无脸尸”的诡计，我将在其他章节撰写，这里就不再重复。

《侦探俱乐部》共荣社，昭和二十八年
（1953）八月号

可能性的犯罪

一再出现和梦境完全相同的景象，这种不同寻常的趣味引诱着他。他不断往墓穴的深处前进，然后他忽然吃了一惊绊到什么，脚下的地面突然消失，掉进那里的古井中。

即使用不着计算概率，侦探小说也经常描写“这么做应该能杀了对方，或是杀不了，到时就听天由命”以这种手段杀人的故事。这当然算一种计划杀人，凶手却连一点罪过都不会被追究，是极为狡猾的方法，可是，若用这种做法杀人，法律又会如何处置呢?

西方的侦探小说经常出现这种方法。在一个有幼童的家庭里，A 对 B 心怀杀意，B 的卧房在楼上，于是 A 计划让 B 在半夜下楼梯时从梯顶点跌落。在西式的高耸楼梯跌倒，如果撞到要害，有充分的可能会丢了小命。A 利用这个手段，把幼童的玩具弹珠（日本就是汽水的弹珠）放在楼梯上容易被脚踩过的地方。B 说不定不会踩到那颗弹珠。或是可能踩到却没有造成什么会丧命的重伤。可是，无论达成目的或失败收场，A 都一点也不会被怀疑。毕竟每个人都必定认为那颗弹珠是幼童白天忘在那里的东西。

天真儿童的玩具弹珠被用来当作可怕杀人的手段，或许是这种对比颇有妙趣，西方侦探小说经常用这个手法。最近出版的英国作家邱林福（Guy

Cullingford）的长篇侦探小说《死后》（*Post Mortem*）中也出现这个方法，让人不禁发笑怎么又来了。

像这样如果顺利当然好，即使不成功也完全不必担心被怀疑，即使失败好几次，只要不断重复相同的方法，总有一天达成目的就好，这种狡猾的杀人方法，我命名为“可能性犯罪”。因为这个方法不是“必定”，而是“顺利的话”才会成功。自古以来就有以此为主题的作品。举一个例子来说，罗伯特·路易斯·史蒂文森（Robert Lewis Balfour Stevenson）的《这算杀人吗？》的短篇作品中，巧妙利用人类的好奇心与“唱反调”的心理，描写了可能性的杀人。

故事是某伯爵向某男爵报仇，有次两人停留罗马时，伯爵若无其事地向男爵说起自己做了奇妙的梦。他详细地谈道：“我昨晚做了一个不可思议的梦。我梦到你，我看见你在我的梦里进入罗马郊外的某个地下坟墓（罗马知名的地下墓穴）。我不知道是不是真的有那种坟墓，但清楚记得梦中前往那里的路线与沿路的景色。你在那里下了汽车，去参观那座地下坟墓，我也跟在你后面走。那条地下道很荒凉可怕，你在黑暗中，凭着手电筒的光不停地往前走。我总觉得你会消失在无止境的地底中，感到很不安，好几次叫你'好了啦，我们快点回去'，但你连头都不回，不断往黑暗的深处里面前进……真是个奇怪的梦。"一副印象深刻的模样说给男爵听。

之后过了几天的某一天，听过梦境故事的男爵开车到郊外兜风，偶然路过和伯爵梦境中景色一模一样的乡间小路。找一找后发现，那里的确有座和梦境相同的地下坟墓。梦境与现实竟然不可思议地相符。男爵出于好奇，不禁开了手电筒前往墓穴一探。一再出现和梦境完全相同的景象，这种不同寻常的趣味引诱着他。他不断往墓穴的深处前进，然后他忽然吃了一惊绊到什么，脚下的地面突然消失，掉进那里的古井中。呼救也没人帮他，男爵终于在此丧命。

于是伯爵达到了复仇的目的。他的梦境故事是编造的谎言，其实是他数日前，自己去参观过那座墓穴，清楚知道在深处的古井扶手，已经老旧损坏。作者用的标题是"这究竟算杀人罪吗"，打了个问号。

在日本，谷崎润一郎先生则是我所谓"可能性的犯罪”的创作先锋。他的初期短篇作品《中途》就是属于这个。先生想杀妻子，想了许多完全不会构成犯罪的手段。故事是先生把暖气瓦斯管的开关钮安装在妻子卧室，人的脚容易碰到的地方，预期女佣不注意经过旁边，衣服的下摆碰到就会打开旋钮；或是汽车发生碰撞时，坐右侧座位的人有更大概率会受伤，因此总是让妻子坐在右边，尝试种种类似这些乍见下没有恶意的布局后，终于导致妻子死亡。我读了这篇故事时，觉得怎么有那么巧的事，深受触动：怎么会有如此巧妙的杀人，我受此影响写了《红色房间》的短篇作品。

《红色房间》中有个“爱唱反调”又倔强的盲人，要是朋友跟他说“你再不往左边靠就会有危险，右边有个地下工程的洞穴很深”，他就会表示“你这样说是又在戏弄我吧”，故意反而往右靠，掉进下水道的洞里，撞到要害而丧命；还有伤患在半夜询问汽车司机，附近哪里有医生，结果司机明明知道往右走有家医术高明的外科医院，却告诉对方左边医术拙劣兼职内科的医院，延误治疗造成伤患最后死亡等等，罗列了五六个这种可能性的杀人手段。

西方则有英国的菲力尔帕茨（Eden Phillpotts），用这个主题写了长篇侦探小说《极恶人的肖像》（*Portrait of a Scoundrel*）。为了杀某人，凶手暗地里间接杀了那个人无冤无仇的幼儿。凶手与那名幼儿没有任何关系，因此一点也不用担心被怀疑。那人的父母妻子早死，孩子是他唯一爱的对象，因此凶手让其爱子先死，令他失去这世上的希望，他就变得自暴自弃，沉溺于冒险的骑马，在山中坠马而死。间接杀人就此奏效。此外，凶手利用身为医生的立场，对某个懦弱的男子谎称其得了不治之症，让对方逐渐信以为真，造成他烦闷之余自杀。

西方的短篇作品中，有一篇美国的普林斯兄弟合著的《指男》。主角是一名心理异常的犯罪者，这名男子在幼儿时期，就相信神明允许他对不喜欢的人做出神明的审判。神明的指示天启是："毕竟你是人，未必不会犯错。因此决定权握在我手上，你只要尝试处罚即可"。于是这名男子从幼年时直到今日，都在行使这个特权。七岁时，他为了杀害讨厌的奶妈，晚上在楼梯的上方放了溜冰鞋。如果神明认为处罚不正确，奶奶就会发现溜冰鞋吧；若天意是处罚正确，奶奶就会踩到溜冰鞋滚下来。那名奶奶后来折断颈骨死亡。

有名少女在马路上蒙眼玩捉迷藏，这名男子悄悄把井盖拆下旁观，结果少女跌进洞里死亡。这是神明接收少女的天意；他还在某医生工作的地方打开瓦斯喷枪的开关，医生进入这间房间时正在抽雪茄，接着就被火焰包围而死。这是神明接收医生的天意；这名男子热爱以地铁当作“处罚”的手段，他让多名男女在这里被神接收。他在高峰时间的地铁月台边抛出手提包，某名女子就被手提包绊倒摔落轨道，导致被车轮碾过，身首异处；此外这名男子还潜入某铁匠的工作场所，调松大铁锤的槌柄。铁匠用铁锤时，就被脱落的铁锤头击中要害而死等等。

举例就到以上为止，但我认为这个“可能性的犯罪”，在刑法学或犯罪学上，应该是个值得深入思考，很有趣味的题目。有个笑话是“医生不杀个几十人就无法独当一面”。虽然要是成了这几十位病患中的一位会很令人烦恼，但这种善意的杀人（？）并不成罪。关键就在这种事情与明确的杀人罪之间如何划清界限。我认为“可能性的犯罪”就在这条界线的前后，要在这里画出一条清楚的线，应该非常困难。正因如此，我们不是应该以最严肃的态度思考这个问题吗?

《犯罪学杂志》日本犯罪学会，

昭和二十九年（1954）二月号

无脸尸

把杀人事件的被害人容貌弄得完全无法辨识，让尸体来历不明，或者伪装得像其他人的尸体，对凶手而言极为有利。实际犯罪中有时会用这个诡计，而小说则更常使用。特别是侦探小说未发达的时代很常用。

从前侦探小说大量使用的诡计中，有一系列命名为“无脸尸”的谜题诡计。

把杀人事件的被害人容貌弄得完全无法辨识，让尸体来历不明，或者伪装得像其他人的尸体，对凶手而言极为有利。实际犯罪上有时会用这个诡计，而小说则更常使用。特别是侦探小说未发达的时代很常用。现在如果出现面容无法辨识的尸体，读者立刻会察觉“哈哈，又是这招啊”，因此已经很少用了。于是作者想出了一种方法，故事还有一个内幕是：之所以毁容假装成其他人，其实是骗人的，尸体还是一开始推断的那个人，但这种方法也不太有趣。

有两个方法可以让被害人的面容无法辨识。一是用钝器毁坏尸体的脸，或用猛药烧毁等，让面容无法辨识；另一个是把头砍断后藏起来，只剩下无头躯体的方法。此时当然可以让被害人穿上别人的衣服。

可是，即使做了这种事，人类的身体还是会有些明显标记的特征在某处，像是骨肉亲人，例如妻子，即使没有头，还是可以识别丈夫的尸体，因此侦探小说要用这个诡计时，就必须让登场的被害人没有骨肉至亲者。

此外还有另一道难关。现在指纹辨识很发达，如果那名被害人有前科，或者即使没有，只要这个人曾在警察的指纹原纸上自愿捺印指纹，立刻就会知道是谁，此外只要比对尸体与被害人家里器物上留下的指纹，冒牌货马上就会被拆穿。所以，凶手不仅要让面容无法辨识，还要把双手的指尖都敲毁或切断才行。可是如果做了这种事，很容易被察觉制造假尸体的企图，这个“无脸尸”的诡计以实际的问题来说，其实也是相当困难。

这个谜题诡计有许多变形。例如美国作家劳森的长篇作品《无头女郎》，描写的趣味是一名妇女脸上有伤，整张脸都包着绷带，所以弄不清楚到底是这名妇女，还是其他女子变装而成。我也在通俗长篇作品《地狱的小丑》用过相同的构想。也就是说，“无脸尸”的诡计也能挪用到活人身上，而且未必要让脸变形，只是包裹隐藏也能达到同样效果。戴着面具死在狱中，直到最后都未被发现真面目的“铁面人”传说，也算是一个和这个诡计有相同趣味，非常重大的实例。活人也有借由整形外科手术改变容貌完全变成另一个人的诡计。(如《总统侦探小说》与我的《石榴》)。

另一种变形是，切斯特顿的《秘密庭园》(*The Secret Garden*)，以及莱斯夫人（Craig Rice）的《完美的犯罪》(*Having Wonderful Crime*）的形态。这个构想不满足于仅仅切断被害人的头，还把其他尸体的头拿来交换。以实际问题来看，除了古时候战争的情况以外，我觉得应该没人会干这种事吧，但在小说上，可以用写法让一切充分成立。

日本的高木彬光先生，进一步想出了另一个此诡计的新变形，让我们为之惊叹。这是他处女作《刺青杀人事件》使用的谜题诡计，新发明是交换躯体，而非切断头用其他头来交换。为什么要把躯体藏起来？因为那里有刺青，是最明显的记号。可是应该会有人反问，如果留下头，立刻就会辨识出被害人不是吗？而作者事先编造出并非如此的状况。就算辨识出脸，只要不认出刺青，凶手就是安全的状况。

那么，话说从头，让我们想一想“无脸尸”诡计最初的发明者是谁。自从侦探小说的始祖坡以来的一百一十几年间，毁坏面容让人误以为是他人尸体的诡计，不管在实际事件或小说，都有数不完的例子用过。以我所搜集的知名作家来说，道尔、克里斯蒂、布拉玛赫（Ernest Bramah）、罗德（John Rhode）、奎因、卡尔、钱德勒（Raymond Chandler）等人，各自都有使用这个诡计的范例。

那么在此之前，也就是在坡以前，有没有例子可循呢？当然有。抢先坡最初的侦探小说《莫尔格街凶杀案》一步，于 1841 年初，英国文豪狄更斯开始于周刊志连载《巴纳比·拉奇》，而构成这部长篇历史小说情节的主要内容，就是“无脸尸”的谜题诡计。

位于乡下宅邸的主人被杀，而管家与庭院警卫同时行踪不明。两人之中的某人一定是杀人凶手，但就在难以判断的时候，过了一个月左右，在相同宅邸的古池中发现了一具尸体。面容已经变形，根据服装判断是管家的尸体，因此判定为那名担任庭院警卫的男子杀害主人与管家后逃走。可是，其实这是谜题诡计，真凶是管家。他杀了主人夺取金钱，又杀了发现的庭院警卫，让尸体穿上自己的衣服，自己则穿上警卫的衣服逃走。

狄更斯在英国可以说是继莎士比亚之后的文豪，但此人是个十足的侦探小说爱好者。英国是世界第一的侦探小说国，也是因为具有这种古老的传统。虽然《巴纳比·拉奇》并非纯侦探小说，但狄更斯死前即开始书写，最终未完成的长篇故事《艾德温·德鲁德之谜》(*The Mystery of Edwin Drood*)可以算是纯侦探小说。这部小说的罪犯是谁，用了怎样的诡计，从狄更斯刚死不久直到现在，各个不同的作家议论纷纷，甚至发表过二十种以上《艾德温·德鲁德之谜》的解决篇故事。

那么最初使用“无脸尸”诡计的人就是狄更斯吗？倒也不是。虽然知道不是他，但我也还没找出是谁在哪里用过的具体资料。尽管如此，要断定狄更斯并非始祖也需要理由，毕竟从十九世纪开始，一跃追溯至公元前，这段时间应该用过这个诡计。从公元前到十九世纪不可能是空白。找一找一定有，但像我这种人和十八世纪以前的文学缘分极远，我没有涉猎的能力与机会，因此只能暂时放弃了。

公元前的“无脸尸”（更正确来说是“无头尸”）例子，我发现了两个。其中一个在有历史之父之称，古代希腊希罗多德的大作《历史》中，该书第二卷第一百二十一段［此书有日文的全译版，青木岩译，昭和十五年（1940），生活社发行，上下二卷］。

希罗多德是公元前五世纪的人，但这位希罗多德周游埃及时，听过该地的长老提起公元前1200年左右的埃及王拉姆泼西尼德斯，又名拉美西斯四世的逸事。“无头尸”的诡计也相当古老不是吗？

拉姆泼西尼德斯是非常富裕的国王，存了大量的银钱，为了安全地保管，他建造了和宫殿相接的石库。然而，奉命建造仓库的男子心怀不轨，他在一块墙壁的石头上动了手脚，只要用很大力气就能拔出，表面上看起来和其他石头并没两样。这个一块石头会动的装置，就是密室的秘密出入口。

这实在是远大的计划，这位建筑师临死之际，把两个儿子叫来枕边，偷偷交代遗言。“其实我为了你们在那座石库造了秘密捷径。如果你们想成为大富翁，可以从那里潜入，偷出国王的财宝，不会有人发现。”接着详细告诉儿子们移动石头的方法。

两个儿子遵照遗言，屡次潜入石库，偷出许多银钱，而仓库的门仍完全上锁，没有人会怀疑。

有一次因为需要，国王打开仓库的门，检查后却发现遗失了高额的银钱。明明门窗都密闭，里面的银钱却减少了，真是无法解释的奇怪现象。（这里可以看到“密室诡计”朴素原型）。从此以后，每两三次开仓库时，遗失的数量都会增加，国王心生一计，布了一个抓人的陷阱，装设在仓库里。

不知情的两个儿子，某天晚上又潜入仓库，但立刻有一人中了陷阱动弹不得。另一人想救他出来，但试了各种方法，怎样都无法摆脱陷阱。于是中了陷阱的儿子终于死心，为了不败坏家门名声，命令另一个儿子砍下他的头带回去。这么做的意义是，只要没有头就不能识别罪犯，从而也不会连累兄弟与家人了。另一个儿子饮泣吞声，按他吩咐地砍下首级，带头出去，把出入口恢复原状逃回家。（也就是“无头尸”的诡计）

次日，国王进仓库一看，发现仓库没有任何异常，明明毫无出入口，却看见窃贼无头的尸体中了陷阱，吃惊不已。之后国王又想出一计，把无头尸挂在城墙外，要哨兵注意来往的人们，等待家属现身。于是幸存的儿子又对此用了另一个诡计，顺利偷走兄弟的尸体。国王越来越惊讶，这次他派自己的女儿，也就是公主，住进妓院（希罗多德先说了，他觉得这是有点难以相信的事），让每位客人谈谈自己的身世，借以找出窃贼。

幸存下来的儿子耳闻这件事，故意去那家妓院。这里又是一个诡计。他砍下坟墓新尸体的手臂，暗中带去找公主，面对提问，他回答自己是窃贼。公主怎么会让他逃走呢，抓住他的手时，其实抓的是他从尸体砍下来的手臂。因为是黑暗中发生的事，她并未察觉。公主以为抓到窃贼就放心了，而当事人则只留下手臂，趁暗逃走。后来国王听闻此事，很佩服年轻人的智慧，最后认输把公主许配给他。真是可喜可贺、可喜可贺的一则故事。［这个假手臂的诡计也用在法国的《方托马斯》（*Fantômas*）中，我在青年时看过

电影的那个场景，留下深刻的印象，之后我也在某些通俗长篇作品中用了相同的谜题诡计］

另一个公元前的例子，仍是出自古代希腊，作家保萨尼亚斯（公元前二世纪的人）的纪录。这是据说建造德尔菲的阿波罗神殿的两位建筑师，阿伽墨得斯与特罗丰尼乌斯的故事，他们因为在仓库建造捷径，后来中了陷阱，以至于被砍头，和拉姆泼西尼德斯王的故事一模一样。大概是埃及的传说传到希腊，变成别人的故事保留下来了吧。

我顺便也举一些中国的实例，虽然古代好像有佛教经典的例子，但我未曾考究。宋朝时写成的《棠阴比事》里，有一则《从事函首》的有趣故事。某个富豪家的主人爱上商人的妻子，把他的妻子偷藏起来，用另一人的尸体替代留在商人家。当然，这让商人有杀妻的嫌疑，最后富豪家主人藏的另一人首级被发现，和本来以为是商人妻子的尸体躯干接上，正好相合，尸体很明确不是商人的妻子，而富豪家的主人也就入罪了。

这则故事也被明朝冯梦龙编纂的《智囊》以《郡

从事》为题收录，此外《智囊》的日译主要内容，也收录于辻原元甫的《智慧鉴》。《智慧鉴》比西鹤的《本朝樱阴比事》更早，是万治三年（1660）出版的原始侦探小说书籍。

我想日本在《古事记》、《日本书纪》，或《今昔物语》、《古今著闻集》等书中，应该有“无头尸”的故事，不过还没确认。我现在知道的，是在之后很久的时代，《源平盛衰记》第二十卷《公藤介自害事》与之后的《楚効荆保事》有日本与中国的案例。可是，公藤介的故事与其说为了欺瞒，不如说是爱惜名声才砍掉自己儿子的头，这两则故事当作谜题诡计的意义都稍嫌薄弱。

《侦探俱乐部》共荣社，昭和二十七年
（1952）五月号

下篇　江户川乱步的犯罪心理笔记

变身愿望

想变身的愿望，是多么普遍，以化妆这件事来说，化妆就是轻微的变身。我少年时曾与朋友玩过角色扮演的游戏，借了女人的和服在镜前化妆时，体验过一种奇异的乐趣，甚至感到惊奇。演员就是把这种变身愿望职业化，一整天转化为好几个不同人的身份。

我曾经想写人变身为书籍的故事。可是，最后没写成适合大人阅读的短篇作品，只曾经在少年读物中稍微写过。为什么想写这个故事呢？因为无论是西方的大辞典，例如《大英百科全书》《世纪辞典》，或是日本平凡社的《百科事典》，用的都是专家装帧接合的书封，就像龟壳，可以装在身上，只要把书的书背朝外，就能蜷缩手脚躺卧在大书架中。从外看来，仿佛那里陈列着大辞典一样，其实却是有人屏住呼吸藏了起来。这实在是荒谬的构想，但所谓的志怪小说，就是从这种荒谬之处逐渐成形。

我以前曾写过人变成椅子的故事。这则故事其实也是很荒谬的构想，但人化为椅子应该很有意思吧，我从这一点构思逐步展开，添枝加叶完成了《人间椅子》这部小说，而且当时获得相当不错的评价。

人总是不满意自己的现状。想成为英俊的国王或骑士，或是漂亮的公主，这算是最平凡的愿望。出现俊男美女、英雄豪杰的通俗小说，也算是为了满足这种愿望而写成。

儿童的梦想更加大胆，很遗憾的是如今的童话并非如此，但古时候的童话有许多借由魔法师的魔力，把人变成石像、野兽，或是鸟的故事。真想试试看变成这一类的其他东西。

要是人真的变成一寸左右的大小，应该很有趣吧。古时候就曾有这种幻想：童话《御伽草子》的“一寸法师”用缝衣针当作刀，乘坐碗做的船；江户时代的色情书刊也有“豆男”的故事：用仙术把身体变成大约一寸，因为不引人注意，他就能躲进美女的怀里，或是滑进花花公子的袖兜，见识各种色情事，一点也不会让对方察觉到；西方黄色书刊的跳蚤故事，也有异曲同工之妙，还更加自由自在，它能详尽探查人体宛如大山脉的所有部位。

人类有时候甚至会想变成浴盆的木板。“变成木板吧，变成澡盆的木板就能接触喜欢女孩的肌肤了。”古希腊有这样的幽默诗。我想日本也有类似的诗歌。

更尊贵的领域，则是神佛的化身。神明可以化身成万物。例如化为全身满目脓疮的乞丐，考验别人对自己是否亲切，再赐予好心人莫大的福分；他也能化作鸟、野兽、鱼，什么都能变。神明象征了人的理想，因此他的众多化身，也肯定是一种人类最高愿望的理想境界。这是人类多么喜欢“变身”的一个证明。

正因如此，当我们回溯世界文学，可以看到自古以来就有“变形谭”的系列故事。虽然我觉得研究这些历史应该很有趣，但现在我缺乏这方面的学问。最近几年，大概在这一年间，我读过两篇非常有趣的变形谭。一是卡夫卡的《变形记》（*Die Verwandlung*）；一是法国现代作家马塞尔·埃梅（Marcel Aymé）的《变貌记》（*La Belle Image*）。可是，这两部作品都并非本身有变身的愿望，描写的是不愿意却变身的悲惨故事；与希望变身恰恰相反。

前者的故事众所皆知，后者请容我多说几句。这部埃梅的作品非常新，1951年加利玛出版社初版发行，我读的是Harper出版社的英文翻译版。虽然整理成一本书，但比起长篇更像中篇小说。

一位有妻子的中年商人，某天忽然变身成二十几岁的英俊青年。当他为了申请某证明书在官厅的窗口递交自己的照片时，公务员一脸诧异问道：“你是不是拿错成别人的照片了？”“不，这是我的照片。”公务员觉得这个人疯了。照片里的是一个五六十岁，头发稀薄、皮肤松弛的平凡男子；而当事人却是朝气蓬勃的二十几岁英俊青年。他可能是在开公务员玩笑或是疯了吧？公务员判断是后者，慰问一番要他回家；男子则是完全不明就里。回程路上，他无意中看见自己映在橱窗上的模样，目瞪口呆。是看错了吗？经过各种测试后，他才发现真的是自己。他脱胎换骨为判若两人的英俊青年了。以“变身愿望”而言，这名男子应该感到非常开心才对，但他是有钱、有地位，也有爱妻和孩子的普通人，反而因此不高兴，只觉得惶惶不安。天涯孤身的虚无主义者，或有犯罪倾向的人应该会欣喜若狂；但身为现实化的社会一员，他却高兴不起来。他害怕回家，因为老婆应该认不出他。

无可奈何之下，他先去找挚友，坦白说出事情的经过，但挚友并不相信。毕竟在现实世界中，这种带有童话气息的变身，根本不可能发生。挚友反而心生怀疑：这名男子说出这种话，该不会是把富翁商人监禁在某处，或是已经杀害，想冒充商人夺取财产吧。

这名挚友是个诗人，因此很清楚两人分饰一角的犯罪诡计。

故事到这里有点像是侦探小说，虽然埃梅不是侦探作家，但这部作品中有许多侦探小说的要素。谷崎润一郎的“友田和松永的故事”，以及更浅近的例子，把我的短篇作品《一人两角》反过来说，就成了这个埃梅的构想。

变身男子总觉得前途茫茫。身为无人认识，又没有户籍的一位俊俏青年，他没有人生重来的勇气。他既舍不得财产，也舍不得妻子。此时他心生一计：他租了以前住的建筑物中的房间，化名入住，打算让自己的老婆与新面孔的他坠入爱河。毕竟自己的过去身分，也就是老婆的丈夫已经不存在世上，他不用担心被说三道四。他的计划是最后两人结婚，恢复原来的家庭。想了又想后，除此之外也别无他法了。

于是他步入了让自己的妻子与别人再度恋爱的奇怪境遇。这也是旧作《一人两角》《石榴》中，我觉得最有兴趣的境遇。他的老婆是个美女，因为有点水性杨花，这个计划意外轻易地成功了。成功时他有种难以形容的奇怪心情：自己的妻子出轨，而且对象还是自己本人，身为俊俏青年的喜悦，以及身为五十岁前夫的愤怒情绪混淆不清。

他们不容许在孩子与邻居面前发生这段违反道德的恋爱，两人自然而然协议在外往来。就在他们屡次密会时，某天挚友诗人看见他们两人手牵手走路。诗人当时的表情诉说了一切：他认为肯定是英俊青年的奸计最终得逞，把商人老婆弄到手了。此人想窃取挚友的财产和妻子，这可不能放任不管。而且，他的挚友一直下落不明，过了一星期，甚至十天都没回来。事情越来越不得了，一定是那名长相俊俏的流氓，杀了我的挚友。我可不能再放着不管，只能去报警调查了——变身男子有一种直觉，诗人肯定这么想。

左思右想的结果，变身男子决定和老婆私奔到远方。为此他必须捏造各种巧妙的理由，但总之他让老婆同意了。就在事态被逼得走投无路时，他却宛如从一场噩梦中醒来，变身恢复原貌了。他在食堂打盹，忽然在睡醒时，发现自己变回原本五十岁的中年商人。伴随“哎呀松了口气”的心情，他还有种舍不得难得冒险的奇异心情。

他以原来商人的身份回家，不在的理由只说了因为做生意突然有急事，去外国商旅；而俊俏青年则行踪不明，他们又开始了和以前一样的夫妻生活。然而，这里故事又描写了一个奇妙的心理：那就是这个恢复原样的中年男商人，亲自证明了妻子的出轨，怎样也无法平复的心理。妻子却一脸若无其事，闭口不谈，行为举止宛如未曾认识其他男子的忠贞妻子；商人不动声色地观察妻子，这种心情与其说是憎恨，不如说是怜悯。毕竟奸夫就是自己，也没有怒气，甚至令人感到一种奇异的趣味。这是因为变身这种虚构设定，才能产生的一种特殊心理状态。我很喜爱这样的虚构故事。

我还用英文读过埃梅的另一部作品，这篇也很有趣。一个平凡的职员头上突然出现了一个光环，就是类似神明头上那种发光的圆环。这应该是因为神明嘉奖他信仰虔诚，才赐予职员的吧，但职员感到非常麻烦，也不敢走上街头，因为他怕别人嘲笑指指点点。干脆戴一顶大帽子藏住，连在公司的办公室都戴着帽子。可是他这样总是瞒不了太久，最后他所到之处都免不了被嘲笑，还遭老婆痛骂一顿，他把神的荣光当成诅咒咒骂，因为太希望光环消失，终于让他想出个绝招，他想惹怒神明，也就是犯罪。但他从撒谎开始，渐渐加重罪行，光环却仍未消失。更重、更重的罪，不停、不停反复可怕的犯罪……我真想再读读这位作者的小说。

话题岔开正题了，埃梅的《变貌记》虽然和变身愿望恰恰相反，但即使不知道上述的故事概要，也充分诉说了变身的魅力。恰恰相反也无所谓，总之与变身愿望无缘的作者，写不出这种小说。

想变身的愿望，是多么普遍，以化妆这件事来说，化妆就是轻微的变身。我少年时曾与朋友玩过角色扮演的游戏，借了女人的和服在镜前化妆时，体验过一种奇异的乐趣，甚至感到惊奇。演员就是把这种变身愿望职业化，一整天转化为好几个不同人的身份。

侦探小说的变装也有满足这种变身愿望的作用。谜题诡计的变装如今已经几乎失去乐趣，但变装本身还是很有魅力。达成变装小说顶点的，应该算是描写透过整形外科手术完全易容的作品吧。其代表作品是，战前由安东尼·艾伯特（Anthony Abbot）提倡，以“总统侦探小说（The President's Mystery Plot）”为名出版的那本合著小说。关于这点，此书在《逃避的动机》一章有详细描写，我就不再复述，总之他充分考量了通过整形外科变成另一个人的可能性。这算是现代忍术，一种现代的隐身蓑衣。在这层意义上，变身愿望也和“隐身蓑衣愿望”相关。

《侦探俱乐部》共荣社，昭和二十八年

（1953）二月特别号

奇异的犯罪动机

我也是有强烈“隐身蓑衣”愿望的男人，以前的作品有许多描写了“偷窥”的心理也是源自于此。《屋顶里的散步者》藏在天花板上层这个隐身蓑衣中干坏事，还有藏在《人间椅子》这个隐身蓑衣中谈恋爱，全都是这个愿望的变形。

在侦探小说中非常重要的主题，无疑是犯罪动机。谈到侦探小说，很多时候如果知道真正的动机，罪犯也就因此水落石出了，所以自古以来的作者，绞尽脑汁来隐藏动机，也有不少作者创造出异于常人想象的动机。除了一般意义的谜题诡计之外，也可能出现动机本身就是谜题诡计的状况。

在塞耶斯（Dorothy Leigh Sayers）、汤姆森（June Valerie Thomson）、赫克拉夫特（Howard Haycraft）、范·达因等人的侦探小说论中，很奇怪的并未特别将动机挑出来写。仅有嘉露莲·威尔斯和弗朗索瓦·福斯卡的著作，虽然简单但特别提到动机的议题。威尔斯的《侦探小说的技巧》（1929 年改订版），第二十三章标题就是“动机”，但分量仅有两页多，极为简略。以下是部分摘录：

“最令人感兴趣的动机当然就是‘金钱’、‘恋爱’以及‘复仇’了。细分这些动机，还有憎恶、嫉妒、贪欲、保全自我、功名心、遗产问题等等其他许多项目。总之包含了人类感情的所有范畴。

“有时候也会用到稀有的异常动机。譬如韦伯斯特（Henry Kitchell Webster）的《细语之人》中的杀人狂、詹格威的《弓区之谜》中的奇妙动机就是这一类。可是，这些是例外的作品，最好的还是任何人皆能立刻理解的动机。而且，越单纯的动机越容易让人理解。毕竟杀人是人类最原始的冲动所引发，无论小说的情节多么复杂微妙，都要尽可能选择单纯明了又强而有力的动机，才是聪明的做法。

“如果故事情节允许，最好不要把动机带到太遥远的过去。像道尔的《血字的研究》（*A Study in Scarlet*）、格林（Anna Katharine Green）的《*Hand and Ring*》这种，读完冗长的小说后，却发现犯罪动机的说明要追溯至三十年甚至四十年前，实在让人受不了。这两部作品在其他方面确实是优秀的侦探小说，但最后才说明读者怎样也无法推测出来的动机，是一大缺点。”

我以前的想法也大致上与威尔斯相同。在我做谜题诡计的笔记时，忽略动机也是这个原因。可是，因为侦探作家逐渐难以对一般意义的谜题诡计发挥创意，他们就开始设计谜题诡计即为动机本身。一般认为早期作家的切斯特顿与克里斯蒂是对这个动机创意着力最深者，不过近年来甚至出现不着眼于找罪犯，而是找动机的侦探小说，动机逐渐成为侦探小说最重要的主题。

那么，前面的引文中提及威尔斯举出三项动机“金钱”“恋爱”“复仇”，就更加重要了，不过光这样还不足够，请容我转载弗朗索瓦·福斯卡的《侦探小说的历史与技巧》[长崎八郎译，昭和十三年（1938），育生社发行]第九章开头列举的动机表，如下所示:（福斯卡的书中并没有“动机”的章节，只不过在第九章的文中刊载此表，也没有另外特别说明）。

一、激情犯罪（恋爱、嫉妒、憎恶、复仇）

二、利欲犯罪（贪欲、野心、自私自利型的安定）

三、疯狂犯罪（杀人狂、变态性欲者）

威尔斯虽然不重视第三个项目，但这一项意外的有许多作家使用，不容遗漏。上述第二项括弧内的“自私自利型的安定”这个翻译看不懂什么意思。因为我没有原著，也不过是推测而已，不过我猜大概是“自我的安全”也就是防卫的意思吧。应该指的是杀死知道自己过去犯罪的人，或是在坏人的阴谋前先下手为强，反过来杀死对方之类的情况吧。

为了方便下文记述，我把这张表增补为以下所示：

一、感情的犯罪（恋爱、怨恨、复仇、优越感、自卑感、逃避、利他）

二、利欲的犯罪（物欲、遗产问题、保全自我、保持秘密）

三、异常心理的犯罪（杀人狂、变态心理、为犯罪而犯罪、游戏型犯罪）

四、信念的犯罪（基于思想、政治、宗教等信念的犯罪、因迷信而犯罪）

福斯卡表中的第一项虽然翻译为“激情犯罪”，

但冷血无情的复仇计划也属于这个项目，这个用语太强烈了，单写为“感情的犯罪”涵盖范围应该比较广。此外，除了福斯卡表中的项目以外，我还补充了第四项的“信念的犯罪”这一项。有政治犯或是狂热信徒的犯罪，基于其他特殊信念的犯罪，动机难以计入第一到第三的某一项目，因此我另外设立一项。此项目的一部分是政治、宗教等秘密结社成员引起的杀人案，属于其他类侦探小说，虽然自古以来就是不太受侦探小说欢迎的动机（范·达因的“侦探小说二十则”第十三条排除了秘密结社的犯罪），可是侦探小说中这样的作品例子并不少；而且另一个“因迷信而犯罪”的动机也屡屡得到侦探小说采用，因此在各种意义上，这个第四项目还是必要的分类。

以上的四项当中，第一项的优越感、自卑感、逃避的三个实例很有趣，因此容我记录于下文。

优越感与自卑感的动机

这是知名作品经常使用，非常强大的感情动机：

为了证明自己的优越而犯罪；以及相反的——为了对自己拥有的自卑感报仇而犯罪。

优越感与自卑感是一体两面，若不证明自己的优越感，就无法善罢甘休，这也算是意识中存在自卑感；而用来克服这种自卑感的则是优越感。例如司汤达（Stendhal）的《红与黑》与布尔热（Paul Bourget）的《弟子》（*Le Disciple*），主角的那种优越感和自负心理，就潜藏着出生于社会下层家庭的自卑感。在侦探小说中，也有把优越感放在表面，以及把自卑感放在表面的两种例子。前者的好例子是西默农（Georges Simenon）的《人头》（*La tête d'un homme*）的罪犯心理。源自贫困与不治之症的绝望，嘲笑富裕阶级而进行犯罪，动机精彩地交织了自卑感与优越感。此外，范·达因的《主教杀人事件》（*The Bishop Murder Case*）的罪犯也是无法以憎恶或利欲来说明，单纯为了优越感就杀了许多人；而他的自卑感则是因为高龄丧失学术研究的能力。另一个例子是菲力尔帕茨《红发的雷德梅茵家族》（*The Red Redmaynes*）的罪犯，虽然他的动机伴随着利欲，但生活在社会的弱者想在犯罪世界高傲地证明自己的优越，大概也有这种心理作祟。

与此相反，奎因的《Y 的悲剧》应该算是把重点放在自卑感的作品例子了。持续被妻子虐待的丈夫，透过巧妙的手段把杀害妻子的梦想，以小说情节的方式书写留存下来，在他死后，天真的幼儿按照他写的情节执行，表面上虽然是死后的丈夫对妻子复仇的形式，但心理上则是对自己的自卑感复仇，而且自己没有执行的能力，仅透过写成小说聊以自慰罢了。

再举一个例子，这是英国的长篇作品：两人是几十年来的挚友，从来没发生过争吵，其中一名男子却暗中计划杀了另一方。这篇作品毫无一般意义的复仇动机。两人从青年时就在相同的环境下长大，被害人无论做什么都比凶手更高一等，而凶手则必须不断地追随骥尾。直到了中年的现在，被害人已经是大富翁，有高等的社会地位；而凶手尽管也过着还算宽裕的生活，但和对方一比全都相形见绌，连住所都是对方的房子，好意便宜租给他的。甚至打猎等运动，他们总是和睦地一起出门参加，但因为一种主人和随从的压迫感经常涌上心头，使他无法真正和对方较量。这种长年来的自卑感，成了他唯一的杀人动机。他透过巧妙的诡计制造了不在场证明，毫不引人怀疑地达成杀人目的。凶手与被害人是人见称羡的挚友，一方死亡后另一方并没有物质上的利益，任谁都想象不到，发现朋友死亡最悲伤的这名男子，竟然其实是真凶。这也是把意外的动机本身当作谜题诡计之一的作品。

此外，美国的知名文学作家所著的短篇侦探小说，曾有这样的情节：某位担任实业家秘书的青年，因为主人始终只把自己当做佣人，机械式的应付，而没有展现对待人的亲切感，由此郁积自卑感，为了这个原因，最后起了杀机，想出胆大包天的不在场证明诡计，犯下杀人罪。当然这并非物欲，也不同于一般意义的复仇，这种犯罪只能从自卑感与优越感来解释了。

英国某个不怎么知名的作家短篇作品，有一篇《无动机杀人》的奇特作品。其实并非没有动机，而是动机超出常识。一位文学家性格的贫穷贵族，受邻居富豪的唆使，偷了一位青年的发明，然后通过制造那件发明品成为大富翁。这个贵族到了老年，渐渐开始厌恶邻居富豪。对方完全是出自好意才这么做；他很清楚是接受唆使的自己不对。尽管如此，要是那个男的没讲这件事，自己就不用像这样一辈子受着良心上的折磨，一想到这就不禁憎恨对方。这份憎恶日积月累，某天当他以亲密友人的身份进入富豪的房间时，突然在冲动下以手枪射杀了对方，任何蛛丝马迹都没留下。和前个例子一样，他们的关系好到连一次吵架都没有，因此毫无引人怀疑的动机，成了一起疑难事件。这名凶手的心理与其说是自卑感，不如理解为极端的利己主义更合适。把自责的念头转嫁给别人，宛如借由杀了这个别人，就能抹去自责念头的妄想，这种动机应该理解为无可救药的利己主义吧！

逃避的动机

上述的例子算是为了逃避痛苦的一种犯罪，而与上述例子在不同意义上，有两位作家想出纯粹为了逃避（escape）而犯罪的情节。其中一人是美国前总统罗斯福（虽然他不算作家）；另一人则是英国的悖论家切斯特顿。这些例子姑且拥有犯罪的外貌，但皆非真正的犯罪。

侦探作家安东尼·艾伯特在担任《自由》杂志（*Liberty*）记者时，经常访问罗斯福，总统是有名的侦探小说爱好者，而艾伯特是作家，因此两人交谈的话题经常是侦探小说。某次艾伯特向罗斯福邀稿，请他试着自己写一部侦探小说，总统表示我很忙没空写，但想好了侦探小说的剧情大纲，可以把大纲让专业的侦探作家写写看。艾伯特得到这回应大喜过望，立刻动员了以范·达因为首的六位知名作家，让他们为总统拟订的长篇侦探小说分摊执笔，然后把这本书打着“总统侦探小说”的旗号发售。这本书的封面以构思者的身份印着大大的罗斯福名字。

这个总统构思的情节非常有趣。这部侦探小说的核心是，在大政治家与大实业家的意识下，藏着潜在愿望——希望从这世上完全销声匿迹的谜题诡计。

这个总统设计的主题是，有一名男子打算完全逃离现在的环境。在实业界知名的百万富翁，对现在的生活环境感到厌烦，希望到异乡以完全不同的身份展开新生活。虽然他希望脱胎换骨，和家人、亲戚、知己，自己的社会地位种种一切断绝关系，可是唯有金钱他想带走。譬如他的财产如果有七百万美元，他希望留下约其中的两百万美元给家人当生活费，带走五百万美元。而且，他还希望无论家人或朋友怎么找，都绝对不会发现他。

这实在很像大政治家或大实业家潜意识中的愿望，我认为罗斯福总统会思考这种问题非常有意思。东洋自古以来也有这种思想——达官显贵想远离现世的烦忧，进入山林，过起隐者生活，这种事并不稀奇，其中俗气的则是艳隐者。东方思想中，连钱都是远离的对象，但美国的逃避却还要带着大部分的财产，真不愧是入世风格。而且，希望脱胎换骨展开截然不同的生涯，这并非隐者，而是更为积极的矫正人生。正因如此，这种逃避伴随的难度非常高。如果要社会知名的实业家，放弃所有财产，远渡到南美或澳洲，以一介穷人的身份生活，或许并不太难，但若他要带着五百万美元的钱财，就必然会留下线索。纵使换成宝石带出去，只要卖出就会被发现。为了完全消除这份担忧，需要和重大罪犯几乎相等的奸计头脑，因此出题给六位作家，希望他们可以想出方法解决。作家们对此问题提出了怎样的解答呢？

我很早就拥有这本《总统侦探小说》，但没什么意愿读联合写作之类的作品，只看过序文就丢着不管了，为了写这篇记录，才总算全部读完。读了以后我才发现比想象中有趣，以下这部分冗长又不协调，趁着印象还鲜明，请容我稍微写得详细些。

获选为合著撰稿者的六位作家是鲁伯特·休斯（Rupert Hughes）、萨缪尔·霍普金斯·亚当斯（Samuel Hopkins Adams）、安东尼·艾伯特、丽塔·韦曼（Rita Weiman）、范·达因，以及约翰·厄斯金（John Erskine）。他们以此顺序撰稿，汇集成一部长篇小说。首先是负责第一回故事的休斯决定了主角的处境。主角是开了一家律师事务所，累积七百万财富的中年男子（据说在美国，律师也可以成为百万富翁），他的妻子是女演员出身的俄国美女，为了钱跟他结婚。她总是瞒着丈夫和年轻的运动员相好。丈夫知情后虽然提出离婚，但要那女人放弃财产可不得了，她不答应离婚，威胁要自杀。律师因为这种事（还有其他一些原因）越来越厌烦现在的生活，决心要脱胎换骨过全新的人生，因而开始做长期准备（这可能和总统的立意有些出入吧？我想出题者的原意应该是社会地位极高的人物，因厌倦名声导致对生活的束缚，兴起想逃避的动机。若以夫妻关系不合等因素当作主要动机，就削弱了总统在心理层面的构思了）。

他化名拜师学腹语术作为逃避的第一步，在没有任何人察觉的地方，练习变声半年。然后，他学会模仿任何人的声音（这是模仿口技，若在日本，应该找模仿专家拜师学艺而不是腹语术师）。

负责第二回故事的亚当斯写的情节是，接着他为了使表情、手部动作、走路习惯等一切行为变成另一个人，决定去拜演员为师，持续练习了数月。然后，他把约五百万美元的股票，通过某中介商，花了一个月的时间避人耳目处理掉，全部换成现金。

第三回故事由艾伯特所写，他不愧是这部合著作品的倡导人，写得非常用心。我想叙述的感想主要也在这个部分。故事到这里，主角终于连同长相动了全身整形外科手术。可是，要捏造一个完全架空的人物，拿着五百万美元开始新工作，有充分引人怀疑的疑虑。因此他吩咐私家侦探社，帮他找从实业界引退的资产家，单身又没有亲近的亲戚，因心脏病已被宣布死期的人。毕竟美国这么大，也不能说绝对没有符合这种苛刻条件的人。结果，他在某地区医院找到了。律师前往那家医院与那名病人见面，答应他一定找出他下落不明的妹妹照顾她，买下这名人物以前的经历。然后他和这名心脏病患者，一起到距离纽约遥远的小城市整形外科医院住院。

这家医院院长是整形外科的高手，因为医院的建筑物不算气派，律师提出支付庞大建筑费的条件，要医生为他的客户负责全身的整形手术，但完全不准过问。当然，律师做这些交易时全都用固定的化名。易容的范本是心脏病患者，手术参考患者生病前的照片，仿造成健康时的他。从这里开始是整形术的描写：改变发色与卷度；调整发际；改变眉毛、眼睑；

削骨改变鼻子、下巴、脸颊的外形；改变嘴巴、耳朵；削肩膀的骨头变成斜肩；从头到手脚指尖，全部变形改造为另一个人，当然这需要将近一年的时光。

隐身蓑衣愿望

这里且让我稍微说句题外话。童话故事中有所谓的“隐身蓑衣”，只要穿上那件蓑衣，别人就看不见自己了。无论做什么恶作剧、干怎样的坏事，做任何事对方都看不见自己。这算是人类几千年来的梦想之一吧！因此这种童话在全世界都很受欢迎，西方有 H. G. 威尔斯的《透明人》(*The Invisible Man*)；日本则有猿飞佐助的忍术，勾起众人的兴趣。好人固然想要隐身蓑衣；坏人就更想要了。毕竟只要有这样宝贝，他的字典里就没有“不可能”三个字了。

艾伯特的外科易容术即为最科学化的“隐身蓑衣”。其实罗斯福原本出的题目，就是要求某种“隐身蓑衣”。这位大政治家的意识下，也有强烈的“隐身蓑衣”愿望，艾伯特深有同感才会以整形外科手术来答题。

我也是有强烈"隐身蓑衣"愿望的男人，以前的作品有许多描写了"偷窥"的心理也是源自于此。《屋顶里的散步者》藏在天花板上层这个隐身蓑衣中干坏事，还有藏在《人间椅子》这个隐身蓑衣中谈恋爱，全都是这个愿望的变形。迷恋于杰克·伦敦（Jack London）的《光与影》（*The Shadow and the Flash*）与 H. G. 威尔斯的"隐形人"的感觉，以及受到泪香的《幽灵塔》《白发鬼》的吸引，我自己会改编这些作品，也是来自这个愿望。

说到泪香，他的代表作有《噫无情》《岩窟王》《白发鬼》《幽灵塔》等等，内容全都包含这个"隐身蓑衣"愿望，颇有意思。《噫无情》的前科犯变成完全新身份的大工厂老板；《岩窟王》则是从本应葬身海底的越狱者，变成宛如王者的存在；《白发鬼》则是从坟墓复活的人，以别人的身份和原本的妻子再婚，这些故事都非常强烈地诉诸读者的"隐身蓑衣"愿望。我们在少年时期，醉心于这些作品的理由，多半可能是因为这个因素吧！

《幽灵塔》故事中写出奇怪的老科学家，透过电力的作用，能自由变换女主角的容貌，这个方法带有许多魔术性质，并且未出童话的领域。艾伯特则将此方法近代化、科学化了。我也在改写《幽灵塔》时，把外科易容的地方改得比原作更科学，加上近似于艾伯特的说明，但我缺乏外科手术的知识，几乎以常识书写，因此写得不如艾伯特那般详细。此外，我的中篇小说《石榴》也采用此方法，虽然有大致的描述，但还是在举例之类的点上，还没写到艾伯特那样的地步。可是，艾伯特的描写也并非完整。如果只对这部分集中注意力，充分搜集资料的话，应该可以描写得更科学、更详细才对，而现代的"隐身蓑衣"至少也应该在理论上得以完成。

在外科易容术当中，唯有一个艾伯特采用的手法我完全没想到。近年来，已听说有人设计出把薄玻璃或合成树脂制成的镜片，附着于眼睛的角膜上取代眼镜的方法，但艾伯特在1935年的这篇作品中，早已采用此方法作为易容的办法。无论脸部的其他部位如何改变，只要眼睛是原本的模样，此人的身份立刻会被识破。要是反过来藏住眼睛，即使其他部位相同，也难以辨别这个人是谁（可以想想赏樱时目鬘面具[①]的效果）。眼睛这个最难处理的部位，如果眼皮中也能放进薄玻璃，甚至连眼睛颜色与黑眼珠的大小都能自由改变，就能达到最好的乔装效果。我认为艾伯特意识到了巧妙之处。

顺便说一下，罪犯的这种外科易容，现实生活中从第一次大战前后即开始施行。昭和二十五年（1950）三月由岩谷书店出版，索德曼（Harry Söderman）与欧康诺（John Joseph O'Connell）合著的《现代犯罪搜查的科学》，读者可以参考“整形外科及犯罪的鉴识”的条目，当中举出一些罪犯企图用外科手术易容的实例。这里容我引用书中要点：“（第一次大战前虽然也有几个外科易容的案例报告）第一次大战以来，有数篇相关报道出现在报纸上。知名的罪犯约翰·迪林杰（John Herbert Dillinger）的脸就被推断曾接受外科手术。书中呈现的是迪林杰手术前的两张

---

① 只遮住上半张脸，眼部挖洞可完全露出眼睛，画有头发、眉毛、睫毛等图样的厚纸面具。

脸，以及手术后的两张脸。可是，我们看照片可以发现，他的易容处其实甚少。毫无疑问的，高明的整形外科医生可以让容貌有惊人的变化。然而，如果罪犯不切断和他过去周围的关系重新出发，那么我们将发现容貌变化几乎毫无价值。这个方法最终容易失败的原因有两个：其一，普通的容貌很难改造出真正能骗过别人的变化，纵使可能办到，也会长期残留手术的痕迹；其二，很难在陌生的地方定居，要长期停留在未知的地方直到手术痕迹治愈确实有其难处。”

可是，这类困难在“总统侦探小说”的情况下，对这种百万富翁来说一点也不算障碍。因为他正希望在未知的地方定居。此外，易容的完全与否，由罪犯能够花费多少费用与多少日子而定。尽管这一切条件困难重重（得到医生同意、在长期手术中能够瞒过众人眼目、让医生永远保守秘密等），如果还是能够克服，那么比起上述实例被警察逮捕的罪犯，应该更能成功易容到难以辨别的地步。或者我总认为，也不能断言绝对没有罪犯实现了这种大易容，并实际躲过了警方的视线。

好了，题外话扯远了，回到正题，那位易容的范本、心脏病患者在外科医院死亡，在此完成了角色替换。律师取代本来心脏病那个人的身份。心脏病患者的尸体则埋在当地，墓碑刻上到目前为止律师使用的化名。

负责第四回的韦曼，接着写了如何抹去律师本人的存在。毕竟再怎么完全变成另一个人，若在纽约下落不明的律师没有被认定死亡，社会就不会认可。接下来是伪造尸体的手段：律师又雇用了私家侦探，（当然用的是化名）找出苦于欠债，品行不端的医学生，以巨款贿赂，要他从医学校的实验用大体[①]存放处，偷出年龄、体型的条件和自己相似的大体；另一方面用自己一直停放在纽约郊外车库的汽车，把穿了自己衣服的大体放上车，连同汽车一起从悬崖摔下，伪装成意外身故的状态。摔落时汽油爆炸，尸体烧得焦黑，容貌等特征也无法辨识。

第五回由范·达因负责，但还剩一回故事才能收

① 指医学上实验用的遗体标本。编者注。

场，这里的情节就开始渐渐不合理了。范·达因的文章也几乎乏善可陈。汽车事故的报道登上了报纸，因为是知名的律师，也引起一阵轰动；他甚至暗自窃笑地阅读着自己的死亡报道，计划很顺利。葬礼的日期也决定了，并在报纸上宣布。他基于一种优越感，以及为了想测试熟人是否能辨识出他，甚至出席了自己的葬礼。可是，在场没有任何人认出他来。就连原配的妻子，和他见面也没发现。

然后，从这里开始的后文实在没意思。他明白自己干了一件非常失策的事：因为某原因，故事剧情中再次检查尸体，发现尸体头部有枪伤弹孔，头盖骨内甚至还留有子弹。他一时疏忽没注意到，偷出来的竟然是自杀者的尸体。这段情节实在很牵强，总之经过种种过程后，结果竟是律师的妻子有杀人嫌疑，（以下第六回为厄斯金负责）为了洗清她的冤罪，他让那番费尽心血的计划付诸流水，对警方坦白一切真相。可是他也不必再次和恶妻住在一起了，因为他得知了妻子在故乡俄国还有丈夫，犯了重婚罪。就这样，结局实在很无聊。虽然这部作品不像日本过去的合著作品那么荒诞不经，但还是暴露了联合写作的缺点。

合著作品的梗概如上述告终，那么，仔细想想，从休斯到韦曼这四回故事的各种易容计划，其实有非常大的缺陷。要完全保守犯罪的秘密，原则上应该是没有搭档，自始至终单独行动，但这个主角却把这个原则打破得四分五裂。除了他自己，有无数人参与他的秘密计划。腹语术师、演员、卖出股票的中介人、整形外科医生、找出心脏病患者的私家侦探、偷大体的医学生，以及找出那名医学生的私家侦探，光是直接关系者算起来就有七人了，其他还有例如外科医院的助手和护士、练习腹语术或姿势的房子管理员和佣人，以及中介商的店员等等，根本搞不清楚同样看见他奇妙行动的人有几个。这当中只要有一人落入名侦探手上，之后就可以透过他揭露律师的行动，还有只要这七名直接关系者中，有某人想说出真相，也会连锁式拆穿真相，实在万分危险。主角一方面策划了如此周密的计划，却在另一方面宛如小学生般天真，犯了个明摆着的疏失。

前述“搜查的科学”虽然只在乎手术的痕迹，但以实际问题而言，症结点就在这里：至少整形外科医生就掌握了秘密，还有他的助手、护士。一想到这点，罪犯借由外科易容形成隐身蓑衣，无疑还是件难事。

“总统侦探小说”的感想长了点，那么转到下个话题吧。

逃避的其他例子

切斯特顿的短篇作品（未日译）中有一篇以逃避为动机的奇妙作品。我阅读这篇作品时大受感动，还在笔记的后面写上“我感受到侦探小说的根本趣味是悖论，不可能的趣味是一种悖论（思想的魔术）”。与谜题诡计不同，文中的切斯特顿以一流的逻辑，给我这样的感动。而这部作品的剧情是，一位富有资产的大诗人，穷尽一切奢侈与享乐后，对诗人的地位感到厌烦，希望以完全的新身份脱胎换骨。然后他想出了以下的隐身蓑衣：

他有一个平庸的弟弟，在市郊从事杂货商，过着无忧无虑平静的日子。天才诗人很羡慕这种平凡。因此他给这个弟弟很多钱，要他去外国长途旅行；自己则乔装成弟弟（因为是兄弟，长相相似），打算心满意足地当个杂货商店的平凡老板。

于是，两人商量后，首先由弟弟去市场附近的海水浴场的更衣小屋中脱掉衣物，赤裸下海游到距离遥远的冷清海岸。他在海岸的岩石阴影下，事先准备了其他服装与旅行包等等。弟弟穿上衣服，走了条不会遇到相识者的路，直接出发去外国旅行；另一方面诗人哥哥则在之后进入更衣小屋，把弟弟的衣物全都穿上，剃掉胡子，直接回到弟弟的杂货店，以这家店老板的身份开始新生活。

此事以社会角度来看，发现富翁哥哥下落不明，因为没留下任何线索，就免不了怀疑可能得利者，由此笔法来看，自然怀疑起弟弟，他是唯一的财产继承者。于是弟弟的杂货商店开始接受调查，结果透过名侦探的奇特推理，暴露了兄弟替换的真相。这种状况下，侦探若没有理解诗人异常心理的能力，就无法侦查成功。

这种超乎常识的动机，以范·达因流的思考方式而言，是不正当的，但到了切斯特顿的手上，却成了感觉不到丝毫不满的有趣小说。而说明这个奇特的动机，则用了前述精湛的悖论。

虽然和以上两个例子的逃避意义不同，但李察·霍尔（Richard Hull）的倒叙侦探小说《谋杀我姑妈》（*The Murder of My Aunt*），故事叙述一名不良青年因为希望过着任意随性的奢侈生活，而意图杀害束缚自己自由、代替父母抚养他的姑妈，这个动机也是想逃避现在严格又阴郁的生活。关于《谋杀我姑妈》，我已经把梗概记录在《幻影城》所收录的“倒叙侦探小说再起”中，这里就不再重复。

还有一个有趣的例子属于此项目。《陆桥谋杀案》的作者诺克斯，现在是位居主教之位，甚至写过《诺克斯圣经》的伟大学问僧，但就像在奇特的短篇作品《密室的行者》（*Solved by Inspection*）可以看到的，他其实是能想出极端剧情的人，动机的设计大胆果断，如下所述：

这是一名罹患不治之症被医生宣告死期的男子，为了避免痛苦而历尽艰辛的故事。他很胆小无法自杀，既然自己死不了，那就只能让别人来杀他了，但又找不到主动想犯下杀人罪的“热心人士”，因为必须靠自己创造出这样的对象。于是，假设真的没人愿意杀了他，最佳解法就是自己杀了某人，再因此被判死刑，这就是他想出来实在很拐弯抹角的方法。这则故事我也已经在《意外的罪犯》一节详述过，请各位读者径行参阅。

摘录自《宝石》岩谷书店，
昭和二十五年（1950）八—十一月号连载的
随笔

侦探小说中出现的犯罪心理

这同时包含了为了作恶而犯罪、挑战禁忌的不可思议心态，以及犯罪后只要招供就会毁灭，因而令人忍不住想招供的不可抗心理。这就是站在头昏眼花的悬崖上，因为害怕而想跳下来的那股冲动。

侦探小说本来的目的，就在于运用逻辑解开复杂谜题的乐趣，作者几乎不会从正面描写罪犯的心理。“罪犯的意外性”简直等同一个满足条件，因此罪犯直到小说最后都不会露出真面目。也就是，作者不会进一步细描写罪犯的心理或性格，一旦罪犯暴露了，侦探小说就结束了，这是侦探小说一般的形式。换句话说，侦探小说就是从侦查犯罪事件的角度来描述的小说，虽然会详细描写侦探的性格，但罪犯方面就只能以间接方法来描述。所能描述的并非罪犯这个人，而是巧妙的犯罪手法。尽管如此，优秀的侦探小说还是经常出现罪犯的心理与性格。虽然不是从正面描写，但还是会显现令人深受触动的罪犯人性。

长篇侦探小说中描述精心设计犯罪的罪犯，经常是一种虚无主义者。他们是不信仰宗教及道德的人，不怕神，也无惧良心，他们怕的唯有刑罚而已。不，甚至屡屡有不怕刑罚者登场。也因为侦探小说是一种谜题文学，这种罪犯的设定最为方便。把机械式的冷血当作条件，精心设计的犯罪就不会落入情感上的错误。这种冷血罪犯最适合代入虚无主义者了。

说到把罪犯的心理描绘得活灵活现的侦探小说，我第一个想到的就是法国作家西默农的《人头》(*La tête d'un homme*，日译本名为《蒙帕纳斯之夜》)，这部心理侦探小说的主角青年拉狄克是天才型的，而且是名极度贫穷的遗传性脊髓病患者，对于在社会飞黄腾达已感到失望。梅格雷侦探对此罪犯的评论是："如果在二十年前，他会是一位无政府主义的斗士，可能会去某处的首府投掷炸弹吧！"

比起《罪与罚》的主角拉斯柯尼科夫，拉狄克是该性格更极端类型的人物。他看穿某个富翁浪子想杀妻的心理，替这名男子犯下杀人罪，向他勒索巨额的封口费。而且他还巧妙地把这个罪名嫁祸给一个毫无关系的愚蠢男子，自己则泰然处之。接着，这部小说从头到尾就是侦探梅格雷与罪犯的心理斗争。

这名罪犯对神和道德既否定又轻蔑。他认为神与道德的本质之所以会因时因地而异，说穿了不过就是一个社会性功利的证据。譬如像是一夫一妻主义与多妻主义、拿破仑的大量杀人与个人的杀人犯，他看透了同样的行为在某时代某地方就是善；在某时代某地方就是恶。于是他轻蔑道德上禁忌的严肃性。

可是，这名罪犯就和拉斯柯尼科夫一样，虽然否定良心，却又受良心谴责。而且更大的矛盾是，这些罪犯是虚无主义者，却又无法舍弃自尊心（真正的虚无主义者应该连自尊心都抛弃了才对），让他们犯罪的正好就是扭曲的自尊心。这来自一种我是天才、是超人的傲慢，瞧不起社会，警察也算不了什么的超绝心理。这种自尊心堕落后，就成为所谓罪犯的虚荣心。犯罪后的拉斯柯尼科夫在咖啡厅遇见检察官，向他炫耀纸钞捆，这种心理在拉狄克身上成了更夸张的挑战；而且，许多更幼稚的罪犯寄送挑战书给警察署的心理，也是与此相关。

不过，这些挑战心理除了表面上的虚荣心以外，背后还隐含了另一个心理，也就是招供冲动的心理。这个招供冲动的极端形式，我们可以在爱伦·坡的短篇作品《悖理的恶魔》（*The Imp of the Perverse*）看到。这部短篇作品是一般状况下不该做的事，正因如此他说明了一种跃跃欲试的不可抗冲动。这同时包含了为了作恶而犯罪、挑战禁忌的不可思议心态，以及犯罪后只要招供就会毁灭，因而令人忍不住想招供的不可抗心理。这就是站在让人头昏眼花的悬崖上，因为害怕而想跳下来的那股冲动。《悖理的恶魔》的主角在人山人海的大街上，大声喊出自己的杀人罪，是他无论如何也阻止不了的冲动。

由范·达因所著的《主教杀人事件》的迪拉特教授，虽然不是一般定义下的虚无主义者，但仍算是蔑视道德者的显著例子。因身为学者而有道德障碍，在犯罪史上的实际例子也不少；而早期出现的侦探小说则以夏洛克·福尔摩斯的劲敌莫里亚蒂教授等人为例子。《主教杀人事件》的迪拉特教授心理把这点逼到极限，他超凡的性格根基来自从数学和物理学以及天文学，宏观来看，像是地球上的道德、人类的生命，都是不足以当一回事的心理错觉。

范·达因以费洛·凡斯的角色如此说明这种心理："数学家以光年这种巨大的单位来测量无限的空间；另一方面又以微米的百万分之一这种极度微小的单位，来衡量电子的大小。他们所见的眼界是这种超绝的眺望，在这种眼界中，几乎忘却了地球与其上居民的存在。譬如某种恒星的大小是我们整个太阳系的数倍，这个巨大的世界对数学家而言，不过仅是分秒之间的琐事。银河的直径据沙普利所言，有三十万光年。而说到宇宙的直径，必然是银河的一万倍。

“然而，这些不过是入门的小问题而已，是在天文观测时司空见惯的事。高等数学家的问题又更广得多了。以人类角度来说，现代数学的概念经常让人脱离现实世界，以至于只生活在纯粹思考的世界产生病态性格。譬如席柏斯坦论述五次元、六次元空间的可能，推算在某事件发生前就有能够预见的能力。埋头于‘无限’这种概念的人，头脑会变得古怪也是理所当然……如此这般。”

地球上的人类陷于极微小的存在时，科学接近虚无主义。可是，如此的虚无主义产生罪恶时，可笑的是肯定会混入与这种超绝思想相反的想法。迪拉特教授就是这种道德障碍者，他直接被个人名声这种地球上极微小的执着所拘束，以犯下杀害众多人的罪行作为维持他名声的手段。他仿照《鹅妈妈童谣》的剧本，接连不断杀害无辜的人们。

侦探作家中，除了精心设计巧妙的谜题以外，还有人与众不同，擅长描写恶人。黑岩泪香就是描绘恶人的天才，他的各翻案作品描绘的恶人比原作更加绝妙；而西方作家则有英国艾登·菲力尔帕茨的侦探小说能够给人这种感觉。他的《红发的雷德梅茵家族》即为此典型的作品。主角也一样是道德障碍者，但他不像拉狄克与迪拉特教授那样，打从犯罪的一开始就是因为半自暴自弃的心理作用，他极端踏实又功利，坚决避免被发现犯罪。因此他的诡计更加细致，伴随着认真积极的邪恶热情。

《红发的雷德梅茵家族》并非以暴露真凶作结，其后还附了一段长篇的自白文。那是凶手迈克尔·潘丁在狱中书写的传记，当中有一段这样的文字：

“有良心的、会后悔的、因一时激情而犯案杀人的人，他们不管怎样巧妙地隐瞒罪行，最终明显都是失败。被发现的第一步正是罪犯心中潜藏的后悔。世上的愚蠢者都无法避免这种失败。可是像我自己这样，确信会成功，不为丝毫的不安所扰，没有任何感情介入的余地，深谋远虑地策划后行动，这种犯罪就一点危险也没有。这种人在犯罪后，可以品尝庄严的心理喜悦感，如此的喜悦本身就是他们的报酬，更是一种支撑他们的精神支柱。

“这世上的所有体验中，哪里还有如杀人般惊奇的体验呢？任何科学、哲学、宗教的魅力，都无法与拥有这种罪大恶行的神秘、危险，以及胜利感相比。在这个严肃的罪行面前，一切都等同儿戏。”

可是，尽管如此，这名天生的杀人者终究败给了大侦探甘斯的睿智，落得一场空。

不可思议的是，这种罪犯必定是喜爱尼采的读者。虽然作者对拉狄克并未附以上述的说明，但关于迪拉特教授与潘丁，作品中则清楚地把尼采引以为例。潘丁的故事甚至可以感受到德昆西的“基于艺术杀人”的影响。他是一名明显拥有这种艺术家热情，把一辈子贡献给犯罪的男子。

更进一步来说，不管拉狄克或迪拉特教授，或是潘丁也好，都无法忽略他们内在拥有的实验性杀人心理。这是过于相信自己的能力，想在某处做实验，以实现这种犯罪能力的心绪发生作用所致。他们把犯罪放进试管，尝试各种化学反应。自古以来所谓的心理小说，很多就是将人生放入试管中。陀思妥耶夫斯基也是、司汤达也是，还有保罗·布尔热的《弟子》也是其中最具体的典型之一。这部小说的主角如字面所述的，把恋爱放进试管，因此发生了一桩杀人嫌疑事件。布尔热的这部作品引起了陀思妥耶夫斯基、斯特林堡等小说作家的密切关注。侦探作家也是让这种罪犯实验他们的犯罪，再把罪犯、犯罪、杀人投入试管中。

《文化人的科学》昭和二十二年（1947）三月号

暗号记法的种类

日本古代的恋爱和歌、儿岛高德的樱树之诗、西方的谜诗等等，自古以来就盛行富有寓意的暗号，这种暗号并无机械式加密的地方，由不同的题材、机智决定留下什么记号，而且也能解开，侦探小说有最多作品应用。

我曾在学生时期做过暗号记法的分类，并刊登在大正十四年（1925）的《侦探趣味》上，昭和六年（1931）的随笔集《恶人志愿》也曾收录，现在仅将其稍微补充修改，刊载于下。

拜战争所赐，暗号记法进步神速，开始由自动计算机器制造复杂的组合，一旦如此机械化后，以前暗号所赋予的趣味机智要素就完全消失了，因此并不适合当作小说的材料。现代暗号小说几乎消失踪影也是缘由于此。

我所搜集到的暗号小说不过只有 37 个例子，把这些例子对照我所分类的项目，发现最多属于（C）的"寓意法"与（F）的"媒介法"。由此可知，小说最乐于使用富含机智的暗号。以下的项目中作品例子完全无记载数目者，代表此项目没有小说的例子。

A 符契法

根据普鲁塔克的英豪列传，这是古希腊斯巴达的将军使用的方法：双方持有称之为"密码棒"

（Scytale）的相同粗细的棒子，再用皮革缠绕棒子，在上面书写通信文传送，接收方也必须缠在相同的棒子上才能判读讯息。这就是符契的原理，后文所述的“窗板法”等方法，原理上也与此相同。

B　表形法（4例）

这是把物体的形状，或是路线等等，以宛如孩童乱画的图形呈现的方法。卢布朗的《奇岩城》（*L'Aiguille creuse*）、甲贺三郎的《琥珀烟斗》等作品都用这个方法。乞丐或小偷为了给同伴指示，在路边的石头或围栏上，用粉笔或其他工具记下只有他们懂的暗号，这也是这种暗号记法的原始形态。类似这种方法的，不只有罪犯同伙使用，花柳界等地也会用的【指暗号】、军队的【旗语信号】等方法也属于表形法。

表形法也是一种【略记法】。以前的学问僧省略汉字，制造特别的字体，以及现在学生在讲义笔记上使用的略号，都算是一种略记暗号。与此类似的记号可命名为【寻图暗号】。在侦探小说方面，马修·菲利普·希尔（Matthew Phipps Shiell）的暗号小说《S·S》，以及瑞典的侦探小说作家赫鲁勒的长篇《皇帝的旧衣》等作品都用了此方法。间谍所用的方法，则是展示蝴蝶的写生图，实际上蝴蝶翅膀的图样是地图之类的暗号。

C　寓意法（11 例）

日本古代的恋爱和歌、儿岛高德的樱树之诗、西方的谜诗等等，自古以来就盛行富有寓意的暗号，这种暗号并无机械式加密的地方，由不同的题材、机智决定留下什么记号，而且也能解开，侦探小说有最多作品应用。坡的《金甲虫》（*The Gold-Bug*）的暗号后半部，以及泪香翻译的《幽灵塔》暗号咒语等等是最适当的例子。其他我所搜集记录的实例还有道尔的《墨氏家族的成人礼》（*The Adventure of the Musgrave Ritual*）、波斯特的《大暗号》（*The Great Chipher*）（日译本为《乔帕妮的探险日记》）、班特莱（Edmund Clerihew Bentley）的《拯救之神》（*The*

Ministering Angel)、M. R. 詹姆斯(Montague Rhodes James)的《托马斯修道院院长的宝藏》(*The Treasure of Abbot Thomas*)、欧·亨利(O. Henry)的《卡罗威密码》(*Calloway's Code*)、塞耶斯的《龙头的博学冒险》(*The Learned Adventure of the Dragon's Head*)、阿林汉(Margery Louise Allingham)的《白象事件》(*The White Elephant*)、贝利(Henry Christopher Bailey)的《紫罗兰花园》、班特莱的《天真无邪船长》。

D 置换法(3 例)

这是把字、词或句子以异常方式排列瞒人眼目的方法,有以下种类:

(1)普通置换法(1 例)

【a】逆进法。例如把"面"写成 anim`;"种"写成 ongzhˇ;"鞄"写成 aop´,倒过来拼音。古老的幼稚暗号小说中,有把通信文以假名倒过来写的例子,我现在则想不出实例。用 B 代替英文字母 A;用日文字母顺序“伊吕波”的“吕”取代“伊”，古时候也会用这种替换成下一个字的方法，但这属于后文记录的代用法。

【b】横断法。以相同的间隔把排列成数行的文字，英文以纵向阅读；日文则用横向阅读，即能读懂意义。虽然我认为西方也有用此方法的暗号小说，而我的《黑手组》的暗号也有部分属于这项。

【c】斜断法。也可能有的方法是把同样并排的文字斜向阅读。

（2）混合置换法

如上所述的打乱顺序，把字、词、句按照双方协定的法则，置换成看起来乱七八糟的样子。具体方法会随着法则的制定方法变化，要多复杂有多复杂。阿盖尔伯爵在詹姆斯二世的谋反时曾经使用的方法，就是用语词做混合置换法的知名例子。

（3）插入法（2例）

把合适无用的字、词、句插入所需的字、语句之间，使文意不明的方法。道尔的《荣苏号》（*The Adventure of the Gloria Scott*）的暗号即为【语词插入法】。The supply of game for London is going steadily up 的句子中，可以挑出 The game is up，其他的则是无用的语词。这种时候，包含插入语的全文若能形成其他意义的文章则较为理想。句子插入法的情况也一样：道尔《希腊语译员》（*The Adventure of the Greek Interpreter*）的方法则是在对话中插入所需的希腊语，属于【句子插入法】，但整体的意义并不能贯通。

（4）窗板法

这个方法的单纯版也算是字插入法，虽然整体而言有些许不同，还是记录于此。先在方形的厚纸上画纵横的线条，制作宛如稿纸的格子。然后把各处的每一个格子，胡乱挖穿做出几个窗户。然后把这张纸放在有用途的纸上，依序在窗中写入一个个带有目的的字词，接着挪开窗板的厚纸，在把字与字之间的空白处胡乱写入英文字母，填满空白。这样标上字后，拥有相同窗板的对象，只要垫上窗板就能读懂，没有窗板的人则完全无法判读。这就是单纯的窗板法。

这方法更复杂的变化是，如上述所言在窗中写上文字后，把窗板往右或往左旋转四十五度（此时必须有适当的窗户开法，让之前写入的字不会进入这次旋转后的窗中），然后把接续前文要传达的话，写入窗中。就这样每次旋转四十五度，在四次不同的地方都开了窗户，就能写入四倍的文字。接着在最后，随便填字在空白处。接收者也一样要每次把窗板旋转四十五度，依次阅读即可。其他也有圆形的窗板法。用圆盘的时候虽然无法像方板一样明确地旋转四十五度，但还是要设法旋转。

E　代用法（10 例）

“暗号记法可以大致分为两种：transposition 与 substitation”这是暗号书中的写法，而 transposition 就是我所谓的“置换法”；substitation 则是“代用法”。这两者当然是暗号记法的大宗，特别是“代用法”很重要，近代机械暗号全部属于此类别。所谓的代用法，就是把字、词、句以其他的字、词、句、数字或图形代用，使意义不明，许多情况下必须使用只有通讯者双方才知道的“关键字（key word）”才能解开。

（1）单纯代用法（7例）

【a】图形代用法（2例）:【点代用法】电报记号、点字等等也是基于这个原理，也经常出现间谍使用摩斯电码来通讯暗号的例子。【线代用法】由古代的查尔一世所发明，是仅用知名的线形成的暗号，称之为【闪电形法】的暗号也是属于此类。这方法是先把英文字母写成一行，下面垫一张纸，再从所需文字的下方往下画闪电形的线，持有相同间隔的字母纸片者，只要垫上纸片一看立刻就明白。【图形代用法】的好例子是坡的《金甲虫》、道尔的《小舞人探案》（*The Adventure of the Dancing Men*）的暗号。称之为【Freemasonry（共济会）暗号】“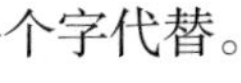”的写法也属于此类，每个英文字母都有一个字代替。

【b】数字代用法（2例）：把英文字母的一个字用一个数字，或几位数的数字（例如，A用1111；B

用 1112；C 用 1121）代替。安东尼·韦恩（Anthony Wynne）的长篇《双重十三》（*The Double-Thirteen Mystery*）就使用了这种暗号。另外也有暗号以相反的文章呈现数字。弗里曼（R. Austin Freeman）的短篇作品《暗号锁》（*The Puzzle Lock*），就是从某篇文章中挑出古老时钟文字盘使用的那种罗马数字 IVX 等等，排列后成为保险箱备用钥匙的数字。

【c】文字代用法（3 例）：以一个字或数个文字代替原文的一个字。譬如F·A·M·韦伯斯特（F. A. M. Webster）的短篇作品《奇妙暗号的秘密》（*The Secret of the Singular Cipher*）就是用其他的一个字代替一个英文字母的暗号；莉莉安·德·拉托雷（Lillian de la Torre）的短篇作品《被偷的圣诞节盒子》（*The Stolen Christmas Box*）把 F 使用 aabab 的复数文字代用法来呈现；此外，阿尔弗雷德·诺耶斯（Alfred Noyes）的《海辛斯伯父》（*Uncle Hyacinth*）以 Bon voyage 代替 U–boats 的方法则是使用【语词代用法】。另外，在日本也会开玩笑地使用各种汉字的读法来呈现不同的意思，英文也有同样的做法。因为很有趣，我附注于下：写为 ghoti 意思是 fish（鱼）。原因是 gh 发音是 enough 的 f；o 则是 women 的 i；ti 则是 ignition 的 sh，意即发音成 fish。

（2）复杂代用法（3 例）

【a】平方式暗号（1 例）：首先把英文字母第一行从 A 开始；第二行从 B 开始；第三行从 C 开始，让每个字交错排列写成数十行，制作字母的平方。在这个文字平方的第一行上面，横向书写一般的字母；并在平方的左侧，纵向书写字母。这纵横的两种字母就是制作暗号的基础。（这种平方图式，在暗号史中冠上了其发明者法国人 Blaise de Vigenre 的名字，称之为“维吉尼亚密码”）。那么，暗号记法有三个要素。第一是通讯的原文（这个命名为 clear）；第二是关键字（key）；第三是完成的密文（cipher）。在前述的字母平方图旁边，放置写了这个 clear、key 的纸片。譬如 clear 是 ATTACKATONCE（“立刻攻击”的意思）；key 假设是 CRYPTOGRAPHY（“暗号”的意思）。然后，要送出的词的第一个字，也就是从平方上方的横

	A	B	C	D	E	F	G	H	I	J	K	L	M	N	O	P	Q	R	S	T	U	V	W	X	Y	Z
A	A	B	C	D	E	F	G	H	I	J	K	L	M	N	O	P	Q	R	S	T	U	V	W	X	Y	Z
B	B	C	D	E	F	G	H	I	J	K	L	M	N	O	P	Q	R	S	T	U	V	W	X	Y	Z	A
C	C	D	E	F	G	H	I	J	K	L	M	N	O	P	Q	R	S	T	U	V	W	X	Y	Z	A	B
D	D	E	F	G	H	I	J	K	L	M	N	O	P	Q	R	S	T	U	V	W	X	Y	Z	A	B	C
E	E	F	G	H	I	J	K	L	M	N	O	P	Q	R	S	T	U	V	W	X	Y	Z	A	B	C	D
F	F	G	H	I	J	K	L	M	N	O	P	Q	R	S	T	U	V	W	X	Y	Z	A	B	C	D	E
G	G	H	I	J	K	L	M	N	O	P	Q	R	S	T	U	V	W	X	Y	Z	A	B	C	D	E	F
H	H	I	J	K	L	M	N	O	P	Q	R	S	T	U	V	W	X	Y	Z	A	B	C	D	E	F	G
I	I	J	K	L	M	N	O	P	Q	R	S	T	U	V	W	X	Y	Z	A	B	C	D	E	F	G	H
J	J	K	L	M	N	O	P	Q	R	S	T	U	V	W	X	Y	Z	A	B	C	D	E	F	G	H	I
K	K	L	M	N	O	P	Q	R	S	T	U	V	W	X	Y	Z	A	B	C	D	E	F	G	H	I	J
L	L	M	N	O	P	Q	R	S	T	U	V	W	X	Y	Z	A	B	C	D	E	F	G	H	I	J	K
M	M	N	O	P	Q	R	S	T	U	V	W	X	Y	Z	A	B	C	D	E	F	G	H	I	J	K	L
N	N	O	P	Q	R	S	T	U	V	W	X	Y	Z	A	B	C	D	E	F	G	H	I	J	K	L	M
O	O	P	Q	R	S	T	U	V	W	X	Y	Z	A	B	C	D	E	F	G	H	I	J	K	L	M	N
P	P	Q	R	S	T	U	V	W	X	Y	Z	A	B	C	D	E	F	G	H	I	J	K	L	M	N	O
Q	Q	R	S	T	U	V	W	X	Y	Z	A	B	C	D	E	F	G	H	I	J	K	L	M	N	O	P
R	R	S	T	U	V	W	X	Y	Z	A	B	C	D	E	F	G	H	I	J	K	L	M	N	O	P	Q
S	S	T	U	V	W	X	Y	Z	A	B	C	D	E	F	G	H	I	J	K	L	M	N	O	P	Q	R
T	T	U	V	W	X	Y	Z	A	B	C	D	E	F	G	H	I	J	K	L	M	N	O	P	Q	R	S
U	U	V	W	X	Y	Z	A	B	C	D	E	F	G	H	I	J	K	L	M	N	O	P	Q	R	S	T
V	V	W	X	Y	Z	A	B	C	D	E	F	G	H	I	J	K	L	M	N	O	P	Q	R	S	T	U
W	W	X	Y	Z	A	B	C	D	E	F	G	H	I	J	K	L	M	N	O	P	Q	R	S	T	U	V
X	X	Y	Z	A	B	C	D	E	F	G	H	I	J	K	L	M	N	O	P	Q	R	S	T	U	V	W
Y	Y	Z	A	B	C	D	E	F	G	H	I	J	K	L	M	N	O	P	Q	R	S	T	U	V	W	X
Z	Z	A	B	C	D	E	F	G	H	I	J	K	L	M	N	O	P	Q	R	S	T	U	V	W	X	Y

维吉尼亚密码表

列写的字母中找出 A。这当然是第一个字的 A，接着从纵向的字母中找出 key 的第一个字 C，这个在第三行。从这个上方的 A 往下画垂直线，与 C 这行交叉的字就是密文的字。这种情况下这个字就是第三行一开始的字，还是 C。接着从上边的字母中找出 clear 的第二个字 T，再从纵向的字母中找出 key 的第二个字 R，即可看见两条线的交叉处是 K。因此密文的第二个字是 K。如此做出的密文即使都是代替 A，也不一定都是最初的 C。也可能是 P 或 G，因此解读非常困难。所以这是无法根据英文的字母频率表，用密文中使用频率最高的 E 来解读的方法。只要制作数字平方来代替字母平方，密文也可以变成仅有数字。外人要如此解读很困难，但只要知道关键字，就能用上述的方法回推，因此解读极为容易。近代的机械化暗号法，终究也不过是把这个平方式极度复杂化而已，与其说是平方，或许已经算是立方化了。如果以前的暗号是直线式暗号，那么这里记录的就是平方的暗号，透过自动计算机制成的暗号应该也算达到立体暗号的程度了。平方式暗号的极单纯版，我以前曾在塞克斯顿·布莱克（Sexton Blake）的侦探故事读过，这个原型相当古老。

【b】计算尺暗号法（1例）：原理与平方式相同，只是把方法应用在技师等人使用的计算尺上，就是这个计算尺暗号法。首先制作类似尺的两把长厚纸（赛璐珞或其他什么材质）制成的棒子，一把写上A到Z的字母；另一把制作成可以重复两次A到Z的倍数长度。前者称为“index”（标志）；后者称为“slide”（滑动装置）。把两者摆在一起，固定前者，再把后者左右滑动。此时关键字也固定了，从“slide”当中找出关键字的第一个字，再把这个字挪动到“index”一开始的字，也就是A的下方。

接着从“index”中找出通讯文的第一个字，再以该字下面的“slide”的字作为密文的字。依序重复这个做法，直到全文都变成暗号。接收方也只要准备相同的计算尺，以上述方法逆推，就能解开暗号。海伦·麦克洛伊（Helen Worrell Clarkson McCloy）女士的长篇侦探小说《恐慌》（*Panic*）就是用了这个方法，有详细的说明。

【c】圆盘暗号法（1例）：就像计算机有圆盘状的，暗号尺也有圆盘状的。原理一样，把双层圆盘的一层当作“index”，另一层当作“slide”，以旋转取代左右挪动，就能得到答案了。埃尔莎·百克（Elsa Barker）的短篇作品《麦可的钥匙》（*The Key in Michael*）用的就是这个圆盘暗号。

【d】自动计算机器算出的暗号：现在的军事、外交都使用这个方法。原理可能是从平方式转为立体式。甚至会使用乱数表等数学性质的表。可是，以机智与推理为目标的暗号小说，这种方法早已无法成为题材。

F　媒介法（9例）

意指使用各种媒介手段传达暗号。侦探小说的暗号中有非常多这个媒介法的作品例子，因为这方法富于机智的要素。【打字机】中的记号与数字是记在相同的键上，古时候似乎也有把记号与字母记在相同键上的例子。因此可以用记号呈现数字或文字。利用这个媒介，只要懂打字机就立刻可以解开。以前我读过马奇蒙特的长篇作品《霍德利先生的秘密》，核心趣味用的就是这方法。把【书籍】的某页、某行、第几个字，以三个数字列在一起的形式传送，对方也要有同一本书才能解开，这在小说中也经常使用。虽然一般会利用圣经之类的知名小说或书籍，但道尔的《恐怖谷》(*The Valley of Fear*)则使用年鉴；解法虽然稍微不同，克劳夫兹的《法国警部最大事件》(*Inspector French's Greatest Case*)则是使用股票交易票；克里斯蒂的短篇作品《四名嫌疑犯》则使用花店的商品目录；鲍彻（Anthony Boucher）的短篇作品《*QL696C9*》使用的是图书馆的图书分类表；此外，道尔的短篇作品《赤环党探案》(*The Adventure of the Red Circle*)则使用三行广告。以【火光信号】传达意义的一样有道尔的《赤环党探案》；佩西瓦尔·魏尔德（Percival Wilde）的《火之柱》(*The Pillar of Fire*)则是在黑暗中以香烟的火做出摩斯电码。此外，卢布朗也有使用【镜子】反射日光，以窗户与窗户打信号的短篇作品。我的《两分铜币》也是以点字作为媒介，在意义上可以算是这类。最奇特的例子算是【以人为媒介】，出现在古希腊希罗多德所著的历史中的逸闻。在战争中虽然派遣了密使，但文书还是很危险，因此伪称要医治奴隶的眼病而剃头，在头上的皮肤刺青通讯文，等待头发长出来再送到前方阵营。前方阵营只要把头发剃掉就能阅读通讯文字。

其他还有烤墨纸、使用隐形墨水写的秘密通信、音乐的代用法、乐谱的暗号、用绳子或带子的打结制成代用暗号法，以及把神话时代的文字当作暗号等等，虽然五花八门，但我想大致上的种类不脱上述这些范围。

《宝石》昭和二十八年（1953）九・十月号，

部分《诡计类别集成》

魔术与侦探小说

侦探小说犯罪事件的固定布局、理想形态是，尽可能以不可思议、神秘、超自然为开端；而结局须以毫无漏洞的合理解释告终。民族学与神秘学是这两种要素中神秘的层面；而戏法则是理性主义的层面，各有其密切的关系。

关于 magic 这个词汇，有三项明显与其关系匪浅的学问及技术。第一是以民族学为核心项目的咒术（magic）。民族学算是一种研究散见于古代史，或现存原始种族施行的咒术、咒物崇拜等等的学问，与 magic 关系匪浅；第二是以神秘学（occultism）为核心主题的 magic。这并非正统的科学，虽然对神秘主义者而言，这是一种学问，研究对象是一切魔术性的现象；第三是戏法（魔术）的 magic。

虽然民族学与神秘学的魔术，研究态度截然不同，但内容却有许多主题重叠。咒法、咒力、咒符、护符、占卜、咒物崇拜、巫医等，以上皆是两者共通的项目。两者不同之处只在于，民族学是客观地观察研究这些项目的纯科学；而神秘学则是一种研究这些，类似宗教的（糟糕来说是迷信的）学问。

此外民族学把现存原始种族当作最重要的研究对象；神秘学则几乎对此不感兴趣。虽然在古代，神秘学被当作宗教或科学般的重视；但到了近代，却是一种从宗教、科学中排除，非合法的信仰或学问（目前为止还是有进步与发现）的集合。

戏法（魔术）在目前是一种舞台艺术，但其实它和民族学的咒术、神秘学的魔术同出一源。古代史留传的原始种族间施行的咒术，以及巫医一类的事，在某种意义上算是一种魔术。甚至像基督教圣经中留传的奇迹，在某种情况下也可以用魔术来解释。若我们追溯到古代，戏法的起源自古时的原始咒术开始，与所有伪宗教的迷惑、中世纪的巫术或炼金术等等都有所相关；在日本的开端则是《书纪》中所记载的，从大陆远渡而来的咒禁师亦即咒师，他们也兼行巫医与杂技戏法。这些浪民傀儡师，以及中古时期流行的放下僧等等，可说是日本戏法、杂技的祖先。

可是，现代的魔术与民族学的研究对象或神秘学的信仰不同，一点也没有神秘性、咒术性。虽然他们把这种东西伪装成煞有其事，来引起观众的好奇心，但这个技术绝对不脱离理性主义。虽然同出一源，但神秘主义只处理超科学；魔术则限于科学的手法。事实上，因为咒法与戏法断绝关系，魔术成为近代理性主义世界的产物，同时也失去了古时候神秘的魅力。

在知名的印度戏法中，有个传说是扔掷一条绳子直立于空中，一名少年往上攀爬至高空中云云。这是广为流传的旅行者亲眼所见的经验谈，但在我所看过的戏法书中，虽然大致上都提过这件事，却一致认为这个把戏来历不明，应该是虚构的传说。我想这算是神秘主义与魔术之间画的界线吧。其他的印度戏法，例如在观众眼前让芒果的种子变成树，开花结果；埋在地下深处几十天还活着等等，无论哪一本戏法书都载明了内幕，理性上可能办到。

与此关联，神秘主义的书籍记载着以下这种极度不可思议的故事：1898 年，在印度的某都市，英国人要拆掉一座古老寺院的塔，正在进行这份差事时，发现塔的地下圣地安放着一具石棺。英国人技师要印度僧打开石棺，发现石棺中躺着一具宛如木乃伊的尸体。技师问这是木乃伊吗？僧侣摇头答道："这不是死人，只不过是进入深层睡眠而已。"技师否定说："太愚蠢了。"僧侣却充满自信地回答："才不是你说的那样，我们印度人拥有灵力，即使被长期埋葬也绝不会死。最后你也会明白的。"数日后，僧侣们持续庄严肃穆的为死者觉醒念经，长达十二小时。然后石棺内的木乃伊复活了，一星期后判若两人地变成健康的身体。而且，根据密封在石棺里的莎草纸文件记载，这名男子睡了长达二十二个世纪。根据记载，又过了两年后，这位古代睡眠者聚集众人，拿出一条长绳，把一端高高扔上天空，接着绳子立刻直立得像根竹竿，他沿着那条绳索攀登到天空，就这样消失踪影。其他还有神秘主义大师伊莉·斯塔尔的著作《实存的神秘》等等，有趣的实例不胜枚举，现在无暇一一提及。

侦探小说在某种意义上是魔术文学，当然与这三个领域的魔术有关。侦探小说的趣味由神秘与理性主义这两种要素组合而成。侦探小说犯罪事件的固定布局、理想形态是，尽可能以不可思议、神秘、超自然为开端；而结局须以毫无漏洞的合理解释告终。民族学与神秘学是这两种要素中神秘的层面；而戏法则是理性主义的层面，各有其密切的关系。

民族学先暂时不谈，关于戏法与侦探小说的关系，我也有许多感想，但碍于篇幅有限容我改日再谈，这里我想稍微写写神秘主义与侦探小说的近亲关系。

现在西方非常流行神秘主义。神秘主义也分很多种类，从极其严谨的，到通俗的判断命运，各种著作的出版相当可观。把通俗杂志、搜集旧邮票的型录等等摊开来看，会发现许多传授神秘主义的书籍广告。西方的理性主义背后竟然附着如此强烈的根底，真是有趣。1912 年艾伯特·凯利尔这位精通此道的学者，发表《神秘学书目》这本各册 600 页共三卷的大作，其中收录了一万两千笔神秘学书目解题。当然这里面并不包含低俗的红本。

随意地列举神秘学包含的主要议题，以占星术为首，除了一切与占卜相关的之外，低阶魔法（low magic）方面有巫术、恶魔学、吸血鬼、死者再现、黑魔法、一切咒符、一切护符、魔杖（Rhabdomancy）、魔书、魔镜等等；高阶魔法（high magic）方面则是炼金术、神秘哲学、神秘数学、神秘语学、塔罗牌等等。还有一切的心灵学，也就是降灵术、奇迹研究、心灵磁力、催眠术、巫医（神秘医术）、心灵感应、千里眼、双重人格（分身现象）、梦游、附身等等。

如前述所说，侦探小说在解谜方面的素材经常会利用各种神秘学的主题，这类神秘主义作家中最著名的，日本该算是小栗虫太郎；西方则是狄克森·卡尔。可是这两人在根本上有差异。虫太郎过度热衷于神秘主义，往往脱离理性主义落入超乎逻辑的情况；卡尔则是单单利用神秘学而已，解决谜题靠的还是常人的逻辑、形式逻辑。就推理小说而言，卡尔略胜一筹；而以天才的层面来说，虫太郎更算是天才型。

读者都知道虫太郎的作品是如何充满神秘的素材，因此这里我仅就卡尔的作品举例说明两三个例子。

1934年的作品《宝剑八》(*The Eight of Swords*)，故事叙述一张画有“宝剑八”的塔罗牌卡片掉在被杀的人身边，赋予整部小说奇异剧情的神秘性。卡尔并未在此部作品中详细说明塔罗牌，但根据其他的神秘学书籍简单来解说，塔罗牌有埃及塔罗、印度塔罗、意大利塔罗、法国马赛塔罗、吉卜赛塔罗等，而卡尔用的则是流传最普遍，起源于埃及的伊特拉（Etteilla）塔罗内的一张小塔罗牌，“宝剑八”的牌面画着八把剑排成鲤鱼旗风车的形状，中央有一条横线呈现在水面上。这张牌在判断命运的意义是，财产的公平分配、遗嘱赠与、少女、矿物等。

塔罗牌也可以当作一般的扑克牌来玩，虽然也用于判断命运，但本来的意思相当难解，因此许多学者发表了相关考证。简单来说，塔罗牌也有类似周易算术的意义，有象征的理念与法则，把全宇宙压缩于这七十八张卡牌中。每张牌面上都有奇怪的象征画（例如伊特拉大塔罗的一张牌上，画着一个人单脚被绳子绑在树上倒挂，类似宗教审判的拷问图），并写着文字与数字，这些图文与神秘哲学、神秘语学、神秘数学相关，象征宇宙的真理，事先暗示事物的变化，有预言命运的作用。

1935 年的作品《瘟疫庄谋杀案（*The Plague Court Murders*）》中，心灵术者与少年灵媒以重要人物的角色登场，心灵实验的场面占了全篇故事的大部分。此外这部作品使用被附身的房子（鬼屋，haunted house）作为密室杀人的地点。这是卡尔的诸多作品中，神秘学色彩最浓厚的作品。

1937 年的作品《孔雀羽谋杀案》（*The Peacock Feather Murders*），描写的是神秘宗教被罪犯当作一项谜题诡计。这是使用十个咖啡杯与孔雀羽毛图样桌巾的秘密仪式。

1939 年的作品《警告读者》（*The Reader Is Warned*）中，一名混血儿接受了非洲原始种族的巫医之血，他以心灵读心术大师的身份登场，是故事的重要人物。这名人物宣告意念波这种心灵力量可以进行远距杀人，剧情叙述按照他的预言接连发生奇怪的杀人事件，带着奇异的神秘色彩。可是破案绝对不神秘，这是极为合理的物理性诡计所造成。如同书名所示，作者是为了挑战这个才写成侦探小说。

其他例如《魔术灯谋杀案》（*The Punch And Judy Murders*）以凝视光点为手段催眠自己形成心灵感应；《青铜神灯的诅咒》（*The Curse of The Bronze Lamp*）则是有人因挖掘埃及古墓遭到诅咒而消失的奇迹；《三口棺材》（*The Three Coffins*）中则有魔术研究家、吸血鬼传说，以及黑魔法；《夜行》（*It Walks By Night*）中则有最奇怪的附身狼人（werewolf）；《弓弦城谋杀案》(*The Bowstring Murders*)则有古代铠甲的护具神秘飞行;《唤醒死者》(*To Wake The Dead*)则描写了死者再次出现的神秘。

可是，这类作家并不限于卡尔或虫太郎一人。自坡(《金甲虫》)、道尔[《魔鬼的脚探案》(*The Adventure of the Devil's Foot*)与其他]、柯林斯(William Wilkie Collins)[《月光石》(*The Moonstone*)]以来，大多数的侦探小说或多或少都带有神秘学要素。只要侦探小说无法舍弃探索神秘的兴趣，侦探小说与神秘主义就有非常密切的亲属关系。

谈到侦探小说与神秘学的关系时，还有一个不可遗漏的话题：那就是柯南·道尔与心灵学的议题。

我在十多年以前，曾经饱览过欧里佛·洛兹、弗拉马利翁，以及其他著名的心灵学研究书。当时虽然我看过道尔有关灵异照片的著作，让我非常向往死而复生，或是与其他世界通讯之类的事，但他的实验方法是，在黑暗中聆听死者的声音，或是死者现身、桌子飘浮在空中，以及亡灵出现在感光底片玻璃板的显影上，这些所谓的灵异现象，总让我觉得无法相信。

比起道尔的这些著作，后来我读了美国的大魔术师胡迪尼揭露灵媒诡计的故事，觉得有趣多了。（康乃尔著《胡迪尼的秘密》）

据说胡迪尼有一次因为魔术的把戏，和真正的灵媒表演同样的事，在心灵学者们面前做这个实验，而柯南·道尔也看了这实验，发表过论文认为胡迪尼是优秀的灵媒（收录于最后的著作《未知的世界的一端》）。结果我蔑视道尔的心灵信仰；对胡迪尼的理性主义抱有好感，但最近我读了一遍道尔晚年的挚友，神学博士约翰·拉蒙德先生的著作《柯南·道尔的回忆》，总算对道尔的本意稍微了解一些，也不再像之前那样取笑他的奇特信仰。

道尔的心灵研究绝非闲散老人的好奇消遣。他对于死后世界存在的信仰也并非到了晚年才突然有兴趣，打从三十年前开始，他就对这个议题抱持疑问，以充分怀疑的态度，一边执笔侦探小说的同时，私下涉猎自古以来的文献，持续研究。

到了晚年，他终于能摆脱怀疑，确信有死后世界存在，一旦有所坚信，他就以满怀热忱，努力宣扬这个新思想。他可以说是新宗教、新哲学的使徒，这个运动的领导者。

为了解释这个信念，他写了十二册的著作，并向无数的报章杂志投稿，欧洲各国自不在话下，甚至周游美洲、非洲，充满热情地四处演讲，以广播放送，把演说录制成唱片，最终还仿效圣经贩卖所，甚至经营起心灵学书籍贩卖所。他亲自站在店头，甚至穿件衬衫老态龙钟地帮忙发送，直到临终也是因为身为这个运动的斗士而过劳病死。

这里我看待道尔并非一个年老昏聩的老人，而是一位为了救济人类的理想而不懈奋斗的热血汉子。

《新青年》昭和二十一年（1946）十月号

追记

和魔术因缘深厚的侦探小说，除了卡尔以外，还有“密室诡计”章节中记录的克莱顿·劳森，他的主角侦探是大魔术师马里尼。还有一位不能漏写的古魔术作家，那就是美国的吉利特·伯吉斯（Gellet

Burgess），他的短篇集《神秘大师》（*The Master of Mysteries*）的主角阿斯托罗（Astro）侦探是神秘主义的大师。他是一位以看手相、占卜为职业，穿着奇特的东洋服装，凝视水晶球的名家。然后他会靠着占卜谎称猜中罪犯，实际上却以极为合理的奇特智慧与推理揭穿罪犯。

伯吉斯的这部短篇集于1912年匿名出版，而魔术师伯吉斯则透过暗号诗把自己的名字漂亮地藏在了目录中。把该书收录的二十四篇短篇题目依序拣首字母来看，就是THE AUTHOR IS GELETT BURGESS（此书作者为吉利特·伯吉斯）。此外依序把题目的最后一个字母挑出来，就是FALSE TO LIFE AND FALES TO ART（不忠于生活，不忠于艺术），他算是魔术师奎因的前辈了。

昭和二十二年（1947）四月二十日

明治的指纹小说

这部作品是归化的英国人、讲谈师兼落语家快乐亭布莱克（Black）的讲说速记《幻灯》。日本在明治四十二年（1909）实施指纹法，而在此十七年前已有使用指纹与掌纹鉴别个人的侦探小说出版，我认为弥足珍贵。

EQMM（《艾勒里·奎因推理杂志》）去年九月号的 *Queen's Quorum*（精选自坡以来到现在的代表性短篇小说，依年代顺序解说）举出最早描写指纹的侦探小说：Herbert Cadett：*The Adventures of a Journalist*（London，1990）[①]。

奎因的解说文写道："关于这本书的主角侦探 Beverley Gretton 是如何影响侦探小说史，甚至是侦探小说论的注脚，都是至今从未有人写过的内容，（中略）而这本书的开头收录的短篇《指纹的线索》（*The Clue of the Finger-Prints*），则是一篇描写经由指纹鉴别个别罪犯的最早作品。一般来说，我们认为第一部指纹小说是弗里曼的《红拇指印》（*The Red Thumb Mark*）（日译本为改造社"世界大众文学全集"第六十卷"桑戴克医生"），但凯迪特的这部作品比起弗里曼的领先七年。不过还有其他更早的作品，侦探小说爱好家不小心就会错过。那就是马克·吐温（Mark Twain）的《密西西比河上的生活》（*Life on the*

① 凯迪特创作的《新闻记者的冒险》。编者注。

Mississipi）（1883）第三十一章的一话，以及长篇 *The Tragedy of Pudd'nhead Wilson*（1894，这本的日译本也是上述的改造社全集第十卷，在“吐温名作集”中，题为“傻瓜威尔逊”），这两本都是透过指纹发现罪犯的故事。”

这样说来，世界最早的指纹侦探小说就是马克·吐温的作品了，不过日本在晚于《密西西比河上的生活》、早于《傻瓜威尔逊》时，也出版了指纹侦探小说。这并非严谨意义的指纹，而是用整个手掌的掌纹图样来鉴定，但不单是算命师看手相的剧情，核心主题是以五指的指纹为首，透过整个手掌的掌纹图样来鉴别罪犯。

这部作品是归化的英国人、讲谈师兼落语家快乐亭布莱克（Black）的讲说速记《幻灯》，在马克·吐温的第二部作品问世的1894年的大前年，即明治二十五年（1892）出版单行本。日本在明治四十二年（1909）实施指纹法，而在此十七年前已有使用指纹与掌纹鉴别个人的侦探小说出版，我认为弥足珍贵。

在说明这本《幻灯》的内容以前，我想试着查阅实施指纹法鉴别个人犯罪以前的历史。我想这应该有许多参考书，而我试着以《犯罪科学全集》（武侠社，昭和五年）的第十二卷，由古畑博士执笔的《指纹学》，以及《大美百科全书》（*Encyclopedia Americana*）的指纹项目，（大美百科全书的最新版指纹项目并不详细）简单做了年表。另外，以指纹法实施的年度与指纹小说出版的年度为对象，我把自己所知道的早期指纹侦探小说也插入这张年表中，有◎记号者即是。

★ 1686 年。意大利波隆那大学的教授马皮吉（Marcello Marpighi）从解剖学的角度发表了指纹的研究。

★ 1823 年。德国弗罗茨瓦夫大学的教授普金涅（J. E. Purkinje）也从解剖学的观点发表了指纹的分类。

★ 1880 年。英国人福尔兹博士（Henry Faulds）于日本东京的筑地医院工作时，把主张可以利用指纹做个人鉴别的研究论文，发表在该年度十月二十八日的英国《自然》期刊上。此人是第一位论述于个人鉴别上利用指纹者。

★ 1880 年。英国人赫歇尔（Sir Wiliam James Herschel）于印度孟加拉担任一个地区的民政官时，把指纹应用在防止伪造文书、鉴别个别囚犯等事务上，并基于此经验，也在该年度十一月二十二日的《自然》期刊上发表研究论文。福尔兹博士领先他一个月的时间。

★ 之后过了不久，英国的遗传学者高尔顿（Sir Francis Galton）（达尔文的表弟）以学术方式论证了每个人的指纹不同与终生不变的事实，并发表其分类法。

◎ 1883 年。马克·吐温的《密西西比河上的生活》出版。

◎ 1892 年（明治二十五年）。英国人布莱克讲说的《幻灯》出版。

◎ 1894 年。马克·吐温的《傻瓜威尔逊》出版。

◎ 1900 年。凯迪特《新闻记者的冒险》出版。

★ 受到前述高尔顿的研究刺激，英国设置了利用指纹做个人鉴别犯罪的委员会，由印度警察长官转任伦敦警察首长的亨利（Sir Edward Ribhard Henry）担任其主要委员。

★ 1901 年。英国前述的委员会，采用了亨利卿规划的“亨利式指纹分类法”，这一年开始实施于英格兰与威尔士；现在世界上则有过半的国家采用此方式。

★ 1903 年。美国最早于 1882 年，由汤普森（Gilbert Thompson）于新墨西哥利用指纹以防止伪造公文；而司法部门方面，最早则是 1903 年于新新惩教所制作囚犯的指纹底册，此后的数年间，全美都实施了亨利式分类法；现在 FBI 的底册中，保管了包含陆海空军人共六千五百万人的指纹，规模世界第一。

★ 稍晚于前述的英国亨利分类法，德国则有汉堡警察长官的罗舍尔博士（Roscher）完成了罗舍尔式（又称汉堡式）分类，德系各国采用此方法。

★ 另一方面阿根廷的指纹学者 Juan Vucetich[①]（我不会读）也编出一套独特的分类法，现在由西班牙系的各国采用。

◎ 1905 年。道尔的《福尔摩斯归来记》(*The Return of Sherlock Holmes*) 出版。(其意义后述)

◎ 1907 年。弗里曼的《红拇指印》出版。

★ 1908 年（明治四十一年）日本司法省设置犯罪人异同识别法的调查委员会，同年七月二十四日，决定采用德国的罗舍尔分类法，翌年（明治四十二年）开始实施。

★ 1912 年（明治四十五年）开始，警视厅设置指纹课。

让我们先来看 1905 年的《福尔摩斯归来记》中的两篇作品。其一是《诺伍德的建筑师》(*The*

① 胡安·沃赛蒂希，编者注。

Adventure of the Norwood Builder），这篇故事描写了把假指纹捺印在墙上，嫁祸嫌疑给冤枉的人，此方法利用了某人留在封蜡上的拇指指纹，再用别的蜡按压那个封蜡取型，涂上血捺印在墙上，非常简单。此外，这部作品中用的不是今天大众化的 fingerprint 这个字，而是 thumb-mark。

另一篇作品《格兰其庄园》（*The Adventure of the Abbey Grange*），福尔摩斯的推理是犯罪现场留下三个杯子，假装成犯罪当时有三个人在喝酒，但其实只有两人。然而，在这个推理中，尽管出现了杯子这个绝佳的道具，指纹仍被完全无视，故事描写福尔摩斯对指纹鉴识一无所知。

我不清楚上述两篇作品发表在哪个年度的杂志，无论哪一篇作品，在 1905 年出版的书中，都还未充分利用指纹的知识。后来在两年后出版，弗里曼的《红拇指印》确实已经描写科学的伪造指纹，我想到了这个时期，苏格兰场的指纹课总算内容充实，其效用也得到普遍认同了吧。

虽然我无从阅读奎因介绍的凯迪特作品，但光是他的题目定为清楚的 *The Clue of the Finger-Prints*，我认为就值得珍重看待。而更古老的马克·吐温作品《傻瓜威尔逊》，日译本使用了指纹这个词，但我没有原文书，询问译者佐佐木邦先生后，他表示原文书已经弄丢，还特地写信给神户的吐温专家西川玉之助老先生（时年八十七岁），西川老先生给了详细的答复。据他所言，《傻瓜威尔逊》用的是 finger-prints 这个词。

《傻瓜威尔逊》故事描写的是威尔逊这个古怪的人，乐于把附近人们的指纹一个个搜集在玻璃板上，那时候社会上完全不知道指纹有鉴别个人的能力，只把他当成好奇的怪人嘲笑，却没想到这成为确定某犯罪案件罪犯的线索。在几乎未曾想过指纹鉴识之类的时代，这是很有创意的构思。而且这部作品具备明确的侦探小说形式，我认为侦探小说史上，不能忘了马克·吐温的这部作品。

不过，东京出版的《幻灯》比起这部《傻瓜威尔逊》早了两年，并且指纹学本身的最初主张，是由居住在日本的英国人提出，真是有趣的因缘。如同前述列表所示，最早提倡把指纹用在鉴别个人的，是当时在东京的筑地医院工作的英国人福尔兹博士，古畑博士在《指纹学》中，提及这个人的事迹如下所述：

“让我说明在日本发现现今使用的指纹法的事情经过：明治十一年（1878 年）左右，英国的医生亨利 · 福尔兹来到东京的筑地医院，此时他观察日本挖掘出的石器时代土器上，有指纹的痕迹，另一方面，他对日本自古以来按压指印、拇指印、掌印，这些手指印章的字据大感兴趣，经过各种研究之后，他认为这可以应用在识别个人，以此向英国的科学杂志《自然》投稿。然后这篇文章刊登于明治十三年（1880）十月二十八日的杂志上。”

（虽然这篇文章指出福尔兹是在明治十一年左右才刚到日本，但依据平凡社百科事典的“指纹”条目，仁科先生的记述所述，他住在日本的时间是明治七年到十九年。）

好了，总算要进入快乐亭布莱克的《幻灯》主题了，首先请让我极为简单地叙述情节梗概。伦敦的岩出银行（泪香式翻译把英国名重新命名为日本名）有一位私营银行的社长，对偶然在路上遇到的乞丐少年的正直行为很钦佩，于是收养那名少年，让他上学，之后成为自己银行的员工。这名青年员工头脑相貌俱佳，又忠厚老实，前途看好。

岩出银行的社长有个适婚年龄的女儿，对这名青年员工表示好感，青年也觉得如果可以的话，希望能结婚。岩出社长发现此事，但不愿把女儿嫁给乞丐出身的男人，便训斥了青年一顿。尽管如此，青年仍不愿放弃，社长最后只好解雇他了。过了几天，岩出社长被发现遭人杀害在银行的社长室里。当然把被解雇的青年列为重嫌，就在他正要从利物浦港搭船时，被逮捕入狱。

此时，有位律师现身，他是岩出社长的弟弟，也是业余名侦探，开始调查犯罪的真相。犯罪现场的餐桌上有张白纸，上面清楚留有凶手的血手印。这是唯一的证据，但在那个还不知道指纹鉴识的时代，就连警察也没有特别调查这手印的打算。然而被害人的律师弟弟知道指纹是可以鉴别个人资料的。且让我引用这一处的原文来看，我只加入标点符号，原文未有丝毫加工。

> 律师对警察侦查员展示血手印的纸，说明："您说这不能当证据，但依在下的想法，这是无比重要的证据，只要有这个，就知罪犯谁了。**（作者注：原文如此。再怎么精通日文，毕竟是外国人，就省略格助词了。当时的速记非常忠实的呈现）**。我曾在四五年前环游世界时，暂时逗留于中国、日本等国家。这两国和英国不同，字据要得到认可，一定得使用印章类的东西，把自己的姓名刻在黄杨或金银等材质上，再沾上印泥盖在姓名下方，但有时也不用印章，只需把墨水涂在拇指上，盖在姓名下，也就是所谓的拇指印。即使平常使用正式印章，若遇到极为麻烦的事，也就是接受调查必须取得证据的时候，一定会使用拇指印。在中国当兵时，还会用整面手掌涂墨，在当兵的承诺书下按捺手印，如果逃兵的话，以其手印寻找下落，有如此不可思议的事。

如果用拇指印的话，就完全不能当作谁捺印的证据了，军队要人在承诺书下面按手印，也是为了当事人逃跑时，能协助寻找下落。逐一探讨其原因后，这是非常古老以来就有的风俗习惯，人类的手纹、皮肤的图案（**作者注：这是指掌纹**），每个人都做不同呀（**作者注："做什么什么呀"是当时的落语家口吻。**）即使聚集一百人，召集一千人来比对手掌，也必定没有相同的纹路。因此，比起使用无论如何无法伪造、无法诓骗的正式印章，更为准确的就是按捺拇指印。有时也会沾血捺印，这种手印、手纹、皮肤的图案都会确实明显呈现。如果以此作为证据去找罪犯，在下认为必能讯速解决。"

于是他说服了警察，岩出银行的社长家人与佣人全都在纸上按捺手印，与血手印比对。比起用肉眼看，用幻灯放大放映来看效果更好，于是他们安装了两台幻灯机，警察会同全体相关人员着手实验。他们使用的是实体幻灯机，这个时期，这种机器在日本还很罕见，因此布莱克对此加了很长的说明。

> 好的，这个幻灯机有几个种类。写在玻璃板上，嵌进载盘，映在白纸或墙壁上的幻灯，世上有很多。学校的学生也经常使用，不过这种幻灯只能当作玩具，虽然是特别为了求学所用，但更好的是显微镜，无论再怎么细小的东西，只要放进这个机器照出来，都能变成数倍的大小，确实用显微镜检查，比起来更能看清一切。也有这种学者使用的高价幻灯，又非透明的产品，也就是把写在宛如取纸的照片明信片上的东西，放进其外的载盘中，不管什么都能照得很清楚。今日岩出竹次郎（律师的名字）带来的，即为这一种的机器。

然后故事实验的结果，银行的工友是凶手，青年员工与千金终于圆满结婚。横跨左右两页的插画描绘实体幻灯放映的场面，白布上映着大手印，清楚呈现五根手指指尖的环状纹、蹄状纹等。此外，这本书的封面是当时流行的西洋风着色石版印刷，描绘餐桌上放着实体幻灯机，旁边是着洋装的千金，身穿使臀围变大的束腹，亭亭玉立，一手拿着血手印的身影。

这部《幻灯》不知是布莱克的创作，还是取材自英国当时小说的剧情，到了现在我仍全无头绪，后文叙述提到的布莱克的讲谈中，也会出现泪香翻译的英国流行作家玛丽·伊丽莎白·布雷登（Mary Elizabeth Braddon）女士等人的作品，因此我认为这或许是来自英国的小说。这个原作是什么，要找出侦探小说史上未曾留名的无名作家作品，在日本实在是怎么也办不到的事。

关于《幻灯》的作者，正冈容先生曾在《宝石》昭和二十二年一月号以“英国人落语家布莱克的侦探小说”为题发表随笔介绍他：“明治时代，以西方风土人情为题材的单口相声，经常能和大圆朝、初代燕枝[①]相抗衡，此当中即有一名人物是英国人落语家快乐亭布莱克。（中略）布莱克在幕末时，被身为记者

① 两者皆为日本知名落语家。

的父亲带到日本，与父亲一起投身于《日新真事志》的报纸事业，到了明治初年，他受到自由民权的流行演讲刺激，先从演说往说书发展，接着堪称为三游派一方的重要人物，于大正癸亥的大地震前后去世。身为外国人却能在日本曲艺说书文化史上，留下鼎鼎大名的成就，与精通戏法的李彩、音曲的约翰·佩尔齐名的，就是这位快乐亭布莱克了。”在该篇随笔中，正冈先生写到他持有讲谈速记本《岩出银行血染的手印》《流之晓》《车中的毒针》《孤儿》《草叶之露》五本书，虽然他也有《幻灯》这一本书，但在疏散时遗失了。不过，正冈先生没发现的是，这本《幻灯》和《岩出银行血染的手印》内容相同。且让我试着记下这些图书目录：

★ 明治二十五年六月，讲谈落语杂志《东锦》第三号刊载《岩出银行血染的手印》全文，英国人布莱克演说，石原明伦速记。

★ 明治二十五年十二月八日，改题为《幻灯》，今村次郎速记，由京桥本材木町的三友社发行。我所持有的是这本书，三十二开厚板纸芯的厚封面，着色石版印刷，本文97页，与书记的泪香本的小型书完全相同的样式。

★ 明治三十五年，浅草的弘文馆又再次恢复原题《岩出银行血染的手印》，以今村次郎速记的名义贩售。顺序如上所述。此外，根据村上文库的“明治文学书目”，详细记载布莱克的著述如下所述：

★ 明治十九年十二月，《草叶之露》布莱登女士原著，布莱克口述，市东谦吉笔记，芳年画，前后合册出版，三十二开，234页。

★ 明治二十四年九月，侦探小说《蔷薇娘》布莱克译述（原作不明）今村次郎速记，三友舍[①]发行，三十二开厚板纸芯封面，292页。

★ 明治二十四年十月，《流之晓》布莱克演说，今村次郎速记、三友舍发行，三十二开厚板纸芯封面，261页。

---

① 应为三友社，疑为错字，下文同。译者注。

★ 明治二十四年十月，侦探小说《车中的毒针》布莱克讲述，今村次郎速记，三友舍发行，三十二开厚板纸芯封面，186 页。

★ 明治二十五年，侦探小说《幻灯》布莱克讲说，今村次郎速记，三友舍发行，三十二开厚板纸芯封面，97 页。

★ 明治二十九年七月，英国小说《孤儿》金樱堂，十六开，174 页。

这些加上前述明治三十五年的《岩出银行血染的手印》，总共七本。我想应该还有其他的书出版，但我的资料并不清楚有哪些。我则持有上述中的《草叶之露》、《幻灯》，以及《车中的毒针》三本。

《宝石》昭和二十五年（1950）十二月号

原始法医学书与侦探小说

《棠阴比事》的七十二对案件，大部分现在读起来并不怎么有趣，但其中并不是没有令人觉得惊奇的有趣故事。在单纯的机智故事中，例如审判亲生母亲之类的故事很多，以原始法医学而言，我对“张举猪灰”和“传令鞭丝”这两则故事感到最为兴致盎然。

现在这种侦探小说是明治时期从西方传入，但也不代表日本过去没有类似侦探小说的东西，大冈政谈之类的审案物语即为此类。

最早出版的这类书籍，是中国宋朝的《棠阴比事》，日文翻译以平假名书写成《棠阴比事物语》（庆安二年，即1649年）。《棠阴比事》的原文书复刻则更早进行。再则是儒医辻原元甫所著的《智惠鉴》（万治三年，即1660年）。这本书的内容大部分取自明朝的《智囊》，搜集了政治、军事，以及其他百般世事的智谋术策故事，其第三卷“察智”即为审案故事。

接着问世的是西鹤的《本朝樱阴比事》（元禄二年，即1689年），这本书的题名仿照《棠阴比事》但内容却未必取自该书。其他还有《日本桃阴比事》《镰仓比事》、马琴的《青砥藤纲模棱案》等等许多作品，而最古老的则是西鹤以前的三本书。

中国除了前述的作品以外，有许多像是“包公案”“狄公案”“施公案”“彭公案”“龙图公案”等审案故事的“公案小说”，但因为这些公案小说成书的时代很新，对马琴的“模棱案”的影响不过些微而已。可以说日本的审案故事几乎全是模仿宋朝的《棠阴比事》。

那么《棠阴比事》算是此类书籍最古老的吗？其实它还有源头。《棠阴比事》的作者四明桂在书中的序文举出《洗冤录》《晰狱龟鉴》[①]二书，并写出他是仿照此二者著书。此二书一样是宋朝时所写，比《棠阴比事》更古老。

不过《洗冤录》之类的书已经不算是娱乐读物，而是法医学书。它的体裁有系统地整理刀伤致死、殴打致死、溺死、烧死、缢死、毒死、奸死（甚至包含鸡奸死）等等所有验尸专业的知识，而且加上实例。纵使尸体经年累月后只剩下骨骸，也有确实详细的研究。这么远古以前，竟然就有如此详细的法医学书问世，令人惊讶不已。

《棠阴比事》的内容则没有这么郑重其事，它算是审案逸闻集，以两起类似的案件为一对，三卷共收

---

① 应为《折狱龟鉴》，又名《决狱龟鉴》，是南宋人郑克所著的案例集。译者注。

录了七十二对的故事。所谓“比事”的名称由来，就是像这样对照两起案件。以现在的眼光来看，会觉得是一种搜集名判官机智故事的超短篇小说集，书写的当时，比起当作娱乐读物，更大的意义是当作法官的参考书。作者也是这个意图，担任法官、检察官要职的人们，似乎也把此书当作理想的参考书阅读。

我现在不太清楚，这个《棠阴比事》的版本传入日本后，众人广为阅读的时间是什么时候，但我推测在传入的当时，日本大概也是当作审案的参考书阅读吧。我想庆安二年问世，用假名写的和装本，当初也多半是当作参考书来阅读吧。

《棠阴比事》的七十二对案件，大部分现在读起来并不怎么有趣，但其中并不是没有令人觉得惊奇的有趣故事。在单纯的机智故事中，例如审判亲生母亲之类的故事很多，以原始法医学而言，我对“张举猪灰”和“传令鞭丝”[①] 这两则故事感到最为兴致盎然。

前者是妻子杀害丈夫后在家纵火，假装丈夫误被

① 经查《棠阴比事》，原文作“傅令鞭丝”。译者注。

烧死的审案故事，法官牵出两头猪到法庭上，其中一头杀死后焚烧；另一头活着投入火中焚烧，之后检查猪的尸体，发现杀死后才焚烧的猪口中没有灰；而活着焚烧的猪因为在火中呼吸，口中有灰。出示此证据后，检查烧死的丈夫尸体口中，一点灰也没有，由此明白是妻子造假。

后者的故事是卖糖和造钉[①]店家的老妇人，各自都声称一束丝是自己家的。因为没有其他证据，看似难以判定，但法官把这束巨大的丝悬挂在天花板上，用木棍[②]有耐心地敲打。接着丝束下的地板堆积了宛如灰尘的细小铁屑，可知这捆丝束是长期放在钉子店的东西，判决钉子店的老妇人胜诉。

用显微镜检查附着在嫌疑犯衣服上，肉眼看不见的灰尘，弄清楚此人的职业以及最近曾待过的地点，这种微观的鉴识法虽然是自从格罗斯（Hans Gross）与洛卡德（Edmond Locard）以后才有，而取下灰尘的方法，近几年也设计出类似吸尘器的东西，吸取衣服

① 经查，《棠阴比事》原文为“卖糖卖针者”。译者注。

② 经查，《棠阴比事》原文为“鞭之”。译者注。

上的灰尘，但原来一般执行的方法是脱下衣服，装进大纸袋中，再轻轻地用木棍持续敲打，然后以显微镜检查堆积在纸袋底部的灰尘。日本的警视厅一直到近几年似乎也是用这个方法。“传令鞭丝”的老妇人争丝线的审判，原理上和这个微观的鉴识法相同，如此远古以前写成的作品，早已看得见微观鉴识的苗头，我觉得实在有趣。顺带一提，这个故事是取自南朝的正史《南史本传》。

若追溯至《棠阴比事》，我们可以发现法医学、审案故事，以及侦探小说的来源都是同一个。实用型的是法医、审案的参考书；而娱乐型的则是侦探小说的形式。这大概是东方独特的形式，我想西方可能没有这种例子。

《自警》昭和二十六年（1951）九月号

惊悚之说

这未必是恐怖的惊悚，不过却能由此体会到被浇了水一般的发冷感受，宛如大吃一惊，心跳异常的感觉，我不认为这和妖怪带来的恐惧是截然不同的性质。

回想我刚开始迷恋侦探小说时的心情，当然是受到它那种理智文学、解谜、魔术文学的魅力所吸引，而与这种逻辑的魅力并进的，某些时候还有比这种魅力更深一层，是侦探小说或犯罪文学中所富含的惊悚魅力，我也明白这令我陶醉其中。我想这不只是我一人的感觉。热爱理智文学的心，以及热爱惊悚的心，我总觉得既不同又并非不同。爱伦·坡就亲身示范了这件事，身为创始者的他，对侦探小说的爱有多么深厚就不用说了，但他更是陶醉于惊悚中。而且他是前人未曾涉足的惊悚创始者。（说坡是惊悚作家或许读者会有异议，可是我所谓的惊悚是什么，读者不久后就会明白）日本的许多侦探小说爱好者，比起理智也更喜爱惊悚，这么说也不算偏颇。比斯顿（L. J. Beeston）和卢贝尔（Maurice Level）毫无悬念当然算是惊悚作家，但明显是意义各自不同的惊悚作品。而且我认为这两位作家在日本的侦探读书界如此轰动的程度，应该没有其他国家可以比拟了。以前延原谦先生曾经请书店转交信给比斯顿，而据说，比斯顿曾在回信中写到，很开心在异国找到知己，他在本国并不像在日本一样受欢迎，只出版了一两本单行本而已。

“如果说欢迎他来日本，他或许会开心地迁居过来。”我记得延原先生如此说着笑了。暂且不谈这位比斯顿，就看卢贝尔如此受欢迎，也知道大家对惊悚，怀有对理智一样不同寻常的喜爱，在这层意义上，总觉得不妨可以说日本的侦探读书界直接继承了始祖坡的血统。

对逻辑文学的侦探小说而言，惊悚并非必然的要素。一点惊悚要素都没有的侦探小说并非不可能。可是，这其实是纸上谈兵，现实中并没有不含任何惊悚要素的侦探小说。甚至是被称为纯逻辑文学的坡的《玛丽·罗杰奇案》（*The Mystery of Marie Rogêt*）也是高级应时的作品，如果完全去除与现实犯罪事件不可思议的巧合，不用说，将导致魅力减半。总之以现实为范本，这种杀人事件的惊悚感，是这部作品一半的要素。

道格拉斯·汤姆森（H. Douglas Thomson）的《侦探作家论》（*Masters of Mystery*）中有一章“*Thriller*（惊悚）”，他在此章节老样子引用了众多的惊悚文学，当中举出荷马的《奥德赛》、莎士比亚的《麦克白》、坡的《陷阱与钟摆》（*The Pit and the Pendulum*）、狄更斯的《艾德温·德鲁德之谜》（*The Mystery of Edwin Drood*）、柯林斯的《月光石》，以及加博里欧（Émile Gaboriau）与鲍福（Fortuné du Boisgobey）的各种作品，在各自的意义上都算是惊悚文学。华莱士、奥本海姆（Edward Phillips Oppenheim）、勒·克斯（William Tufnell Le Queux）、萨克斯·罗默（Sax Rohmer）等人当然算是惊悚文学作家，而汤姆森认为当中明显的惊悚侦探小说作家是华莱士与麦森（Alfred Edward Woodly Mason），以及弗莱彻（Murray Fletcher Pratt）。

由此想法来看，菲力尔帕茨、班特莱（Bentley）、麦克唐纳（Macdonald）等人的作品似乎也算是惊悚文学了，但若把菲力尔帕茨、麦森、班特莱等人的作品称为惊悚文学，则怎么想也不适合。我想仅止于华莱士、勒·克斯、奥本海姆，以及萨克斯·罗默应该比较妥当吧。“惊悚”这个词汇未必经常是汤姆森的用法，这个口语中经常围绕着轻蔑的感觉。“那很惊悚”的语句中很难体察到敬意。从以前的用语例子来看，坡或狄更斯的作品被称为惊悚作品，总觉得不相称。

然而惊悚虽然不算是庸俗的名称，还是难以否定汤姆森所举出的各部作品多少把惊悚当成重大要素。不，岂止如此，应该说自古以来的重要文学几乎毫无例外都带有惊悚的魅力也不为过。（只是惊悚也有许多等级，“Thriller”这个行话和“恐吓”“给我哭吧”之类的口语意思相同，让人觉得把它视为单指描写庸俗、低俗的惊悚妥当吗？）我认为特别是侦探小说，可以说绝无不含惊悚元素的作品。汤姆森举出的柯林斯、加博里欧，或是麦森，还算是浪漫主义的作家，但即使是完全相反的理智小说，出乎意料的也会把惊悚当成重大要素。譬如道尔的作品一方面属于解谜文学，但也是具有相同强度的惊悚文学。虽然这应该没有说明的必要，但读者最好能透过道尔的某短篇或某长篇作品，仔细体会这个惊悚的重要性。到时应该会觉得很犹豫，到底解谜的魅力与惊悚的魅力哪个比较大呢？仅举一例来说，他的作品中最受欢迎的《花斑带探案》（这部作品获得观察家报〔*The Observer*〕的人气投票第一名）故事中，如果去除在深夜的密室里埋伏等候恶魔的恐怖、奇异的口哨、花斑的蛇等等惊悚感，那到底还剩什么呢？

如果道尔不行，那就拿范·达因和艾勒里·奎因来看也可以。《格林家杀人事件》在一栋大宅邸中接连有人被杀的恐惧、老太婆在深夜的宅邸内徘徊的恐怖，以及真凶是可怜的女孩，以上这些惊悚还有追赶汽车的紧张感，都在故事中采纳使用。《主教杀人事件》中，童谣与杀人毛骨悚然的巧合不用说是最大的惊悚感，要是去除这个巧妙的惊悚元素，这部作品就会丧失大部分的魅力。而奎因的作品，除了喀嚓一下把头斩下的 T 型磔刑以外，不须再多费唇舌说明，不容否认的是，无论哪部作品都带有一些惊悚的重大要素。各位读者可以拿起你印象深刻的任何侦探小说，试着静静地回忆，那部小说最有趣的地方是什么？是解谜的逻辑魅力吗？还是带有谜团本身的惊悚魅力呢？接着或许你会大吃一惊，原来轻蔑视之的惊悚，没想到竟然占了侦探小说趣味的大部分。

杀人（或者犯罪）虽然并非侦探小说的必要条件，但世上的侦探作家为什么都不约而同地描写杀人事件呢？那是因为他们追求惊悚。惊悚和犯罪一样都不是侦探小说的必要条件。可是现实上，无论哪种侦探小说，我们都无法怀疑，惊悚是毫无例外采用的一项重大要素。

那么，如果突然改变态度被问到究竟惊悚是什么，任谁都只能含糊地回答吧！自古以来的诗人、文学家经常使用惊悚这个词汇，但每个人用法各异，未必有固定的涵义。特别是后来出现 Thriller，如同英语字典里详细记载的，不过只是口语而已，查文学辞典也没有这个项目。尽管如此，我认为还是不要太过同意这个说法，在写这一篇文章前，我试着查过《简编牛津英语词典》《韦伯字典》《世纪辞典》等的大型字典，得知惊悚（Thrill）作动词是以下的意思：（一）用锥子之类的尖锐物刺穿（二）使东西震动（三）给予宛如刺穿般的感受，引发发抖或心跳加速之类全身发疼的喜悦或恐惧或悲伤等等的激烈情感（四）投射长枪之类的物品；动词的意思则可以由此类推；名词则是这个动词的转化。总之究其根源，应该是用锐器刺穿使之震动的具体动作，再转用为（三）这种表达抽象感情的词汇。简单来说，我认为 Thrill 可以解释为快乐（pleasure）与痛苦（pain）一起给人尖锐急剧的感受。

这种尖锐的感受中却有无限的等级。怎样才算是惊悚，会根据接收者的情趣、知识的程度而有所不同。因此，不妨把惊悚的等级想成接收者的头脑等级。拥有几十万读者的娱乐杂志所欢迎的惊悚，并不适用于其他小众读者的知识阶级读者。这类小众读者，多半会嘲笑几十万读者喜爱的惊悚读物称之为所谓的 Thriller，可是这些知识阶级对自己所喜爱的惊悚，也要有所觉悟，他们也会被更高一层标准的人看不起。这就是人外有人的意思。

具体来说，有快感的惊悚，例如以前军国主义的激情：在火车站迎接凯旋军队、小学生面对飘扬的国旗、军乐雄壮威武的响声、远眺威风凛凛行进的军队，无不令人产生寒毛直竖发抖的快感，使人噙着泪水。水户黄门或乃木将军的浪花节，表演可怜的善人得到帮助，可恶的恶人“嘿嘿欸”磕头的时候，这类场景也会令人感到某种心弦震动，激烈地撼动人心。“万——岁、万——岁”的口号声中，很奇妙的充满某种惊悚感。爱情的顶点也有惊悚感。无论男女、亲子，在其顶点都有某种令人心情激动，不顾一切，喜极而泣的境界。这种境界正是快感的惊悚。此外，谈到别的例子，还有从斗争产生的惊悚，例如发出一声：“哇——！”的战斗呐喊声并全力突击时的激动激情，即将战斗前的精神抖擞，在可以看到的所有运动竞技中，也有拳击的惊悚。当这些情感巧妙地运用在文艺作品上的描写时，当然也能给人相同的惊悚感吧！

而痛苦（pain）的惊悚首先是恐惧。（或许有的人会认为惊悚只限于这种恐惧的激情，但如同字典写明的，惊悚当然不限于恐惧）杀人、沾满鲜血、千刀万剐、逆磔刑、拉锯子、其他杀人与刑罚的肉体性惊悚、人体解剖、毒杀、疾病，以及手术之类的医学性惊悚、与全世界为敌到处乱逃的罪犯，无栖身之所，难以忍受的恐惧，被追赶的惊悚、从断崖、高层建筑物等处坠落的恐惧、来自猛兽、野蛮人之类的惊险；还有另一方面由妖怪、幽灵、生灵、天谴、佛罚、灵异现象等等的不可知物产生的惊悚，属于此类。主要描写这种惊悚的是志怪小说、犯罪小说、冒险小说、侦探小说以及怪谈等等，而侦探小说当然也采用了相当大量的这类元素。

接着是悲伤的惊悚。这类和侦探小说几乎无缘，描写对象是恋爱小说或家庭小说，或所谓的悲哀小说，例如破镜的悲愁（《不如归》）、贫苦病苦的悲愁（《笔屋幸兵卫》）、帮助小孩所谓赚人热泪的惊悚（《非亲生关系》），等等，这一类并不算少。再来，我想愤怒的情感在其极端上也算惊悚。虽然很难找到适合的读物例子，但戏剧中，反派角色百般折磨小生的角色、虐待媳妇的恶婆婆之类的演技达到顶点时，还是能让人感到惊悚，甚至把女孩子气哭，观赏表演时不禁粗鲁地把半块榻榻米朝舞台扔过去。

以上举例的激情，不问知识的程度，几乎不须情趣的训练，只要能读文字的人都毫无例外可以理解，可以说是寻常而庸俗的惊悚作品。无论多么原始的激情，根据不同的处理方式，也未必都低俗，譬如笑也有像“搔痒”这种。意识到“给我哭”或“恐吓”毫无任何的深刻洞察，对于栩栩如生地描绘这些惊悚的作品，都轻蔑视之，只是不得不称之为Thriller。说到庸俗的读物，各位读者应该可以联想到里面充满“浑身发冷”“直打哆嗦”“捏一把汗”“提心吊胆”“七上八下”“猛然一惊”“毛骨悚然”“吓了一跳”“哎呀”“吃惊”“啊”“啐”之类的语词。这些词汇正好可以活生生地呈现惊悚本身，庸俗的作品频频出现这些词反倒是理所当然（在上述各式各样的惊悚中，恐怖惊悚和侦探小说有很深的缘分，虽然其他的几乎没必要在这里提及，但恐怖以外的快感痛苦也存在惊悚，甚至会吸引读者的注意。因此，关于以下所述的高级惊悚，当然无论喜悦、悲伤、愤怒，都是高等级的惊悚，然而我打算省略这些，只局限在恐怖小说）。

不过，惊悚并非单属于上述的原始情感。这些情感的更上一级，是经过大致的思考后才觉得猛然一惊，带有理智的要素，因此这种可怕比起原始情感更复杂，而且是更加深刻的一连串惊悚。

举个现在能想到的显著例子：身体越挣扎越一点一点地沉入，陷进无底的泥沼。这种人性的恐惧，虽有顽强的身体却怎么也无法抵抗的心情，表面上看来是固体，其实却是无底深渊的异样恐惧，时间经久后从腰到肚子、从肚子到胸口、颈部、下巴、口、鼻都沉没，最后只剩挣扎的手指，连手指也看不见时，只剩下什么都没有，一动不动淤积的泥沼表面。这些所有的条件，无论比起哪种妖怪、比起哪种拷问，产生的惊悚感都更加深刻尖锐。

还有，例如遗失指南针，连续的阴天下在沙漠旅行的恐惧。一望无际的沙子，天空只有深灰色的云朵，没有任何太阳、月亮、星星指引方向。只能朝着推测的方向盲目地往前走。然而，就在此时他忽然这么想：人类的左右脚会不会准确地踏出相同的步距呢？不不不，这种事不可能发生。接着，如果右脚的步距比左脚大一分，十步就是一寸，百步就是一尺，然后走了千步万步百万步后，就会造成意想不到的巨大差异，总之结果就是他在沙漠中永远画圆，原地绕圈了。事实上，这就是发生此类事件的原因，而现实中仅仅因为这样的构想，旅人将感到无穷的恐惧，肯定寸步难行。其他的例子，还有过早埋葬的惊悚。在地底的棺材中苏醒，任凭喊叫、挣扎都出不去的环境，这种恐惧也是比起现实，在想象中（亦即文学上）更深刻的一种惊悚。

幻想与梦的恐惧，是更上一层的惊悚。吸食鸦片者的梦境中出现的景象，比现实巨大几十倍的风景或人物，总觉得令人毛骨悚然。德·昆西（Thomas Penson de Quincey）的《一个英格兰鸦片吸食者的自白》（*Confessions of An English Opium-Eater*），在这层意义上可以说带有深厚的惊悚。与此相关，也有所谓的影像的恐怖。谷崎润一郎先生的《人面疽》算是巧妙描写出这种惊悚的成功作品。如此想来，惊悚从单一情感进展到加上知识，最后进入了心理的领域。

为什么错觉、忘事、意识的盲点等等，和侦探小说会结下深厚的缘分呢？无非是因为这些心理上的现象带有无穷的惊悚。虽然不是侦探小说，坡的《斯芬克斯》（*Sphinx*）主题是有一只死头蛾跑下山，感觉像大怪物的错觉惊悚；此外《陷阱与钟摆》描写黑暗中错觉的惊悚：被扔进黑暗地下室的人，扶着墙壁摸索室内走路时，其实在方形的房间里，却感觉像是走在有无数直角的无限广阔的地方。此外，日本内外的短篇侦探小说如何经常采用意识盲点的可怕，这里就用不着说明了。

近代英美长篇侦探小说，有八成都以某种形式采用了一人分饰二角的谜题诡计，可笑的是，与其说这证明了作者们没有好点子，不如视为证明一人分饰二角型的恐怖具有多么深厚的魅力。这种恐怖也与双重人格离魂病的传说相关，而这个类型的代表作品则是史蒂文森（Robert Lewis Balfour Stevenson）的《化身博士》（*Strange Case of Dr Jekyll and Mr Hyde*），也可以把这称之为化身博士型的惊悚。此外一人分饰二角的反面是双胞胎谜题诡计，代表此类恐怖的作品是坡的《威廉·威尔森》（*William Wilson*）、爱华斯（Hanns Heinz Ewers）的《布拉格的大学生》（*Der Student von Prag*），等等，我想可以暂且将这一类命名为威廉·威尔森型的惊悚。在这世上的某处，有个与自己的容貌一模一样的人（搞不好他就在你身边徘徊），不知道正在策划什么坏事，这种感觉是一种几乎难以忍受的恐怖。说不定在某处拥挤的人群中，或是在毫无人影的暗夜十字路口上偶然遇到他，这种想象实在带有可怕的惊悚感。自己双重存在的恐怖，可以与镜子的恐怖联结。所谓的镜子或是影子，在某些情况下给人非常强烈的惊悚感，虽然未必是普遍的情感，但正因如此，比起生命的恐惧或害怕妖怪更为特殊，我认为属于更高一层的等级。

然而惊悚的等级并非到此完结。还有战栗，这是更为纯粹的心理，盘踞于人心的种类。我之所以把类型纳入自古以来的重要文学，是因为有许多类型的惊悚，会根据接收方的情趣或知识的程度而进入几乎无限的深奥之处。若尝试举个谁都知道的周遭实例，譬如坡的《悖理的恶魔》描写的惊悚感，就是一个显著的例子。故事叙述一名男子尽管掩人耳目地犯下杀人罪，且不留下任何证据，只要守密就能保终生安全，这个必须沉默的想法却令人不能忍受。越是压抑不能说、不能说，喉咙深处就越像是留声机一样，随便窜出那件万不能说的事。这是多么绝望的恐怖啊！而且他什么地点不选，偏偏选了极为拥挤的大街正中央，害怕吓得发抖，宛如失神一般，以扩音器似的扯开嗓门招供他自己的罪状，最后被巡警逮捕。

虽然解释有点不同，但陀思妥耶夫斯基的《罪与罚》也描写了类似的惊悚。拉斯柯尼科夫犯下杀人罪后不久，他因为内心忍不住想看自己的杀人案报导上报，出门去了类似咖啡厅的地方。他在那里点了一杯咖啡，借了店家一叠装订好的报纸，内心空虚地读完那篇犯罪报导，然而就在他做这件事的时候，意外发现一位可怕的人物在面前的餐桌。此人名叫扎苗托夫，似乎曾是法院书记官，现为负责此案的警官，怀疑他是杀人凶手。两人打了招呼，扎苗托夫若无其事地问道:“你这么热衷在看什么？”接着拉斯柯尼科夫回答:“看你急着想知道我就告诉你吧。你看，我借来这么多报纸，到底在看什么呢！”并且尽量把自己的脸靠近对方的脸，以窃窃私语的声音大胆地说:“我那么专心看的，就是那件老太婆被杀的案件啊！”作者描写他就这样一言不发，注视着对手的眼睛，整整维持了一分钟。

之后，当服务生来收咖啡钱时，拉斯柯尼科夫从口袋取出一大把钞票，向扎苗托夫炫耀，接着忍不住颤抖着脱口说出："看啊，这里有多少钱？这是二十五卢布，这是打哪来的，你很清楚吧。我不久之前还身无分文的不是吗？"

提到陀思妥耶夫斯基，任取一部他的作品来看，都是我所谓心理性惊悚的宝库，说他几乎像百科辞典一样网罗了这世上所有类型的惊悚也不为过。把陀思妥耶夫斯基称为惊悚文学作家，或许会受到一般大众的批评，但请大家尝试用这种角度来观察他。无论拿哪一部作品来检验都可以，各位一定可以从其中找到一座惊悚的宝山。我拿陀思妥耶夫斯基的作品反复读了好几次，我可以大胆地断言，之所以看好几次也不腻，是因为它充满了我喜欢得不得了的惊悚魅力。

《卡拉马佐夫兄弟》的开头方式，大部分的人都不觉得有趣，但在佐西马长老的传记中，都充满了非凡的惊悚。当然这并非只有恐怖的惊悚，有地狱的惊悚也同时有天国的惊悚。总之，巧妙来说，陀思妥耶夫斯基是"惊悚的恶魔"，也是"惊悚的神明"。

我试着从佐西马传中只举一个我最爱的惊悚例子说明：青年时的佐西马曾为爱痴迷而决斗，然而事到临头，他只让对方开枪，而自己并未开枪就结束了决斗。这是因为后期的长老佐西马神圣的思想对他发生了作用。于是他摇身一变为社交界的红人，许多大人物都来和他往来。因此五十岁左右，他就是一名有地位有财产的杰出绅士了。有个男人每天都来拜访青年佐西马。然后向他坦白自己以前曾经犯下为爱痴迷的杀人案，跟他约定要向社会公开此事。以决斗时佐西马神圣的行为为榜样，他说自己也不得不坦白。

可是他怎么也无法向社会坦白一切。只是每天来拜访青年佐西马，告诉他："坦白后的瞬间，该是多么天堂啊！"然后第二天还是一脸优柔寡断的苍白。"你看我的表情好像在说：'你还没招供对吧？'请再等我一会儿，这件事并不像你想的那么容易，说不定我根本不会认罪。如果这样，你会不会去告发我？"他说道。佐西马开始害怕对方的苦恼，觉得自己无法正视他的脸。他以干燥的嘴唇哀求道："我刚才从妻子身边来的，你应该不明白妻子和孩子是什么吧。我希望社会可以饶恕我的妻小，让我一辈子痛苦就好。妻小和我一起毁灭是对的吗？”佐西马则给他勇气说：“招供才是对的。”

结果他说：“那我就招供吧，我不会再来见你了。”离开后过了不久，他说自己忘了什么东西又回来了。然后他和青年佐西马两人面对面坐在椅子上，一动不动地凝视着对方的脸大概两分钟，然后忽然露出微笑，令佐西马吓了一跳。之后他站起身吻了佐西马，这次他真的要回去了，但离别之际留下了奇怪的话：“请记住我第二次来的事情，喂、喂，可以好好记住吗？”

第二天，他把人们叫到自己的宅邸坦白一切。然后就在人们与法院都半信半疑的时候，他就因病去世了。当佐西马去他的病床旁找他时，他轻轻地悄声说道：“你记得我第二次去你家的事吗？我说过请你记得吧，你觉得我是要做什么才回去的？我那时候是为了杀你才去的。”

这样写出剧情，无法传达故事真正的况味，只能请读者自己读读这个部分了，但我非常喜欢这个惊悚感。我喜欢到只要谈到陀思妥耶夫斯基的惊悚，脑中就会立刻浮现这段故事。这一段就像鱼鳞一样层叠，有好几层的惊悚重叠。这些惊悚层的中心，闪耀着如同蛇眼的惊悚，是惊悚中的惊悚。

谈到陀思妥耶夫斯基的惊悚，没有止境。就算立刻能背出来的，也不只五六个。杀人者拉斯柯尼科夫在人来人往的马路上，突然跪下亲吻大地，这并非一种恐怖，却是一种非常强烈的惊悚；《永远的丈夫》（*Вечный муж*）的人物和可能杀害自己的男人同房共眠，算是几种惊悚；《卡拉马佐夫兄弟》的德米特里以轻视的态度收了未婚妻三千卢布，假装好像和其他女人把那笔钱花光，但其实把一半的一千五百卢布缝在衣服的领子上藏起来，这种事感觉比起杀人和窃盗更加耻辱，然而描写最终坦白实情的场面，确实带有深刻的心理恐怖。我觉得这是一种惊悚。

若谈到其他作者，安德烈耶夫的短篇成名作算是好例子。虽然上田敏博士翻译过，但大概二十年前，我第一次读的是《斯特兰德杂志》的英文翻译版，留下深刻的印象直到现在都忘不了。剧情描写主角因为痴情复仇，杀了某女子和她的情人后，为了避免被处罚，假装发疯，后来达成目的被送进精神病院，自己本来是装疯的，可是却因为荒唐的误解，心理上受到是否真的发疯的可怕怀疑所折磨。突然察觉错误的瞬间，当然令人感到一种巨大的惊悚感。不过我无法忘怀的，倒是形成杀人动机的一个场面，那个地方是火车站，火车正要出发，大时钟显示几点几十分。他下定决心对意中人倾诉自己的心意，吐露心意时还紧张得冒汗。这时对方女子却觉得非常可笑地笑了出来，还一直笑不停，实在是令人脸色铁青的侮辱。此时他怎么应对呢？生气离开吗？含泪低头吗？不不不，他也一样笑了。那个笑是他这辈子都忘不了的笑。然后，正因为他自己的笑，以致最终犯下杀人罪。这个主角过于残酷的笑，令我感觉到一种巨大的惊悚。这未必是恐怖的惊悚，不过却能由此体会到被浇了水一般的发冷感受，宛如大吃一惊，心跳异常的感觉，我全然不认为这和妖怪带来的恐惧是截然不同的性质。

这些惊悚若对于接受能力在我之上或之下的人来说，或许不算惊悚吧。可以说惊悚完全是由接收人的感受所决定。再怎么小的蜘蛛我都会怕；然而对许多人来说，蜘蛛丝毫不可怕。我看见自己映在凹面镜中的脸，对过分放大的自己感到惊心发抖；可是，对许多人而言，凹面镜只不过是有趣的玩具。虽然这不过是具体的一个例子，但是更抽象的，像是心理的恐怖，我想也是因人而异，难以客观地界定惊悚的范围。虽然又重复了一次：惊悚是有等级的。我认为虽说低等级的只有轻蔑的价值，但也不该以相同原则衡量高等级的惊悚。

关于惊悚，虽然我还有许多想陈述的事，但越有条理地写出来后，越无法让想法有系统，姑且就写到这里结束吧。只是，为什么我会特意试着写出全然明了的事呢？一般人或许觉得有惊悚感是很清楚的事，且让我用一句话说明理由。

年轻的各位读者或许有一种倾向：不清楚惊悚的含义，只从 Thriller 这个让人鄙视的词汇联想，一律认定为庸俗之物。有这种想法是因为年轻人的评论中，往往只会看到他们以低俗的意义使用惊悚这个词。

另一个原因是，对侦探小说范·达因流派的想法不满。范·达因流露出的口气似乎是侦探小说应该要和解谜的趣味以外的所有文学要素绝缘，但如果遵守他的论调，惊悚也是那些该绝缘的要素之一。这种想法说纯粹是纯粹，以讨论而言是不错，要是有遵从这个法则的侦探小说存在（如果有的话），当然是最理想的一种形式，但若想以此约束所有的侦探小说，结果只会招致“侦探小说的贫乏”。

即使惊悚绝缘论不追溯至范·达因，我们在日常也经常能看到。以我身边最近的一个例子来看，上个月号《新青年》的缩印本，图书馆的开头翻译了塞洛德女士的侦探小说论就有这段文字：“当然 Thriller 有 Thriller 的世界，可是我们侦探小说迷不在这个世界里。我们不追求杀人事件的惊悚，犯罪的 kick（刺激）也没有用途。犯罪只是一个解决条件，解决犯罪才是重要的。”这里说的只是所谓的 Thriller，或许还不到我前述的高级惊悚，但是即便如此，侦探小说排挤惊悚的洁癖，结果只会使侦探小说贫乏而已。与其以这种方式思考，不如让侦探小说的“逻辑”和犯罪文学的“心理”结婚，使两者的魅力交织在一起，这样侦探小说才有未来不是吗？以实际层面来说，也只有在理论上行得通，实际上并没有与惊悚绝缘的侦探小说。如果“犯罪”的惊悚没有用途，那么似乎也可以写出完全没有“犯罪”的解谜小说，但无论怎样的纯粹论者，也都无法和“犯罪”切断关系。这不就证明，世上侦探小说的出发点，都是源自惊悚了吗？

Profile 昭和十年（1935）十二月号

作者注

战后“心理性 Thriller”的意识抬头，比起解谜与逻辑的侦探小说，反倒开始认为这是高级的作品；但在战前说到 Thriller，是低级侦探小说的代名词。本篇文章是针对战前的常识所写。

附录

附录一

『诡计类别集成』目录

各项目下的数字为作品范例的数量，若除以总计范例的数量 821，就能算出该项目所含的范例所占的百分比。

【第一】有关罪犯（或被害人）的诡计（225）

（A）一人分饰二角（130）

①罪犯假冒为被害人（47）②共犯假冒为被害人（4）③罪犯伪装成被害人之一（6）④罪犯与被害人完全是同一人（9）⑤罪犯假冒为想嫁祸嫌疑的第三者（20）⑥罪犯假冒为虚构人物（18）⑦替身——两人分饰一角，双胞胎诡计（19）⑧一人分饰三角、三人分饰一角、两人分饰四角（7）

（B）一人分饰二角以外的意外罪犯（75）

①侦探是罪犯（13）②法官、警察、典狱长是罪犯（16）③事件的发现者是罪犯（3）④事件的记述者是罪犯（7）⑤儿童或老人是罪犯（12）⑥残疾者、病人是罪犯（7）⑦尸体是罪犯（1）⑧人偶是罪犯

（1）⑨意外的多人是罪犯（2）⑩动物是罪犯（13）

（C）罪犯抹杀自我（一人分饰二角以外的）（14）

①假装烧死（4）②其他的假死（3）③易容（3）④消失（4）

（D）奇异的被害人（6）

【第二】有关罪犯出入现场痕迹的诡计（106）

（A）密室诡计（83）

①犯罪时罪犯不在室内者（39）

（a）室内的机械装置（12）（b）透过窗户或缝隙从室外杀人（13）（c）在密室内导致被害人自己死亡（3）（d）在密室假装成他杀的自杀（3）（e）在密室假装成自杀的他杀（2）（f）在密室的非人类罪犯（6）

②犯罪时罪犯在室内者（37）

（a）门的机械装置（17）（b）假装成犯罪时间在实际时间之后（15）（c）假装成犯罪时间在实际时间之前——密室中的神速杀人（2）（d）躲在门背后的

简单方法（1）（e）列车密室（2）

③犯罪时被害人不在室内者（4）

④逃脱密室诡计（3）

（B）足迹诡计（18）

（C）指纹诡计（5）

【第三】有关犯罪时间的诡计（39）

（A）交通工具的时间诡计（9）

（B）时钟的时间诡计（8）

（C）声音的时间诡计（19）

（D）利用天候、季节与其他天然现象的诡计（3）

【第四】有关凶器与毒物的诡计（96）

（A）凶器诡计（58）

①奇异的刀具（10）②奇异的子弹（12）③电力杀人（6）④殴打杀人（10）⑤压死（3）⑥勒死（3）⑦摔死（五）⑧溺死（2）⑨利用动物杀人（5）⑩其

他奇特的凶器（2）

（B）毒药诡计（38）

①吞下毒（15）②注射毒（16）③吸入毒（7）

【第五】藏人与物方法的诡计（141）

（A）藏尸体的方法（83）

①暂时隐藏（19）②永久隐藏（30）③透过移动尸体欺瞒（20）④无脸尸（14）

（B）藏活人的方法（12）

（C）藏东西的方法（35）

①宝石（11）②金币、金块、纸币（5）③文件（10）④其他（9）

（D）尸体与物品的替身（11）

【第六】其他各种诡计（93）

①镜子诡计（10）②视觉错觉（9）③距离的错觉（1）④追与被追的错觉（1）⑤神速杀人（6）⑥

人群中的杀人（3）⑦“红发”诡计（6）⑧“两间房间”诡计（5）⑨可能性的犯罪（6）⑩利用职业的犯罪（1）⑪ 正当防卫诡计（1）⑫ 一罪不二罚的诡计（5）⑬ 罪犯自己从远方目击犯罪的诡计（2）⑭ 童谣杀人（6）⑮ 计划杀人（6）⑯ 来自死者的信（3）⑰ 迷路（4）⑱ 催眠术（5）⑲ 梦游病（4）⑳ 记忆丧失症（6）㉑ 奇特的赃物（2）㉒ 交换杀人（1）

【第七】暗号记法的种类（小说的例子 37）

（A）符契法 （B）表形法（4）（C）寓意法（11）

（D）置换法（3）

①普通置换法（1）②混合置换法 ③插入法（2）④窗板法

（E）代用法（10）

①单纯代用法（7）②复杂代用法（3）

（a）平方式暗号法（1）（b）计算尺暗号法（1）（c）圆盘暗号法（1）（d）利用自动计算机加密的暗号

（F）媒介法（9）

【第八】奇异的动机（39）

（A）感情的犯罪（20）

①恋爱（1）②复仇（3）③优越感（3）④自卑感（4）⑤逃避（5）⑥利他的犯罪（4）

（B）利欲的犯罪（7）

①继承遗产（1）②逃税（1）③保身防卫（3）④保守秘密（2）

（C）异常心理的犯罪（5）

①杀人狂（2）②艺术的杀人（2）③恋父情结（1）

（D）信念上的犯罪（7）

①宗教信念（1）②思想上的信念（2）③政治上的信念（1）④迷信（3）

【第九】足智多谋的揭发犯罪线索（45）

（A）物质性线索的机智（17）

（B）心理性线索的机智（28）

《续幻影城》早川书房，昭和二十九年（1954）六月

附录二

两分铜币

上

"真羡慕那个小偷。"那时两人贫困潦倒，谈天时已经会说这种话了。

位于偏僻地区的寒酸木屐店二楼，仅有一间六张榻榻米[①]大的房间，里面摆着两张"一闲张"[②]的破桌，那时的松村武和我无所事事，只会任意想象些奇怪的幻想。

两人寸步难行，不管做什么都已经走投无路，刚好这时他们看到轰动社会的大盗，对大盗巧妙的手段不由得起了心生羡慕的卑鄙念头。

这起窃案和本故事的主要情节大有关系，因此请容我在此简略说明。

这是发生在芝区的某大电厂工人发薪日当天的事。十几名工资计算人员，根据将近一万张工人的打

---

① 一张榻榻米约 1.62 平方米。译者注。

② 日本传统漆器工艺，在木胎上贴纸后再刷漆制成漆器。译者注。

卡单，计算每人一个月的薪资，他们浑身是汗，忙着把二十元、十元、五元等等的纸钞装进堆积如山的薪资袋，这些钱当天才从银行领出来，连最大的中国木箱[①]都被装得满满，此时有一位绅士进入办公室的玄关。

女接待员询问他的来意，对方表示“我是朝日新闻的记者，想拜会经理”。于是女接待员拿着印有东京朝日新闻社会部记者头衔的名片去通报经理。

正好这位经理，是个自豪很懂得操弄新闻记者的男人。不仅如此，虽然他觉得对新闻记者吹牛，把自己的话当成某某名人言论登报，这种行为很孩子气，但无论是谁都不会排斥这种事。于是这名自称社会部记者的男子，倒是很愉快地被请进经理办公室。

这名男子戴着玳瑁粗框眼镜，嘴上留着漂亮的胡子，一身时尚的黑色晨礼服，搭配流行的折叠式公事包，架势熟练地在经理面前的椅子坐下。然后从香烟盒取出昂贵的埃及纸卷烟，利落地拿起桌上烟灰缸

① 指多为木制贴外皮或纸的中国风箱子。译者注。

旁的火柴点燃，朝经理的眼前“呼”地吐出带点青色的烟。

“请教阁下有关工人待遇问题，您有什么意见？”

什么啦、那个什么啦，他一副新闻记者特有的架势，不把对方放在眼里，虽然如此，这名男子如此开口，总觉得带有天真无邪、和蔼可亲的口吻。

于是经理对于劳动问题，大概是劳资协调、温情主义之类的议题大发议论，这些事和故事无关所以省略不谈，在经理办公室待了约三十分钟后，这名新闻记者趁经理陈述一番结束的空档，说了声“失陪一下”去上厕所，就此消失踪影。

经理觉得这家伙真是没礼貌，也没特别放在心上，这时刚好是午餐时间，他就外出去餐馆用餐了，过了一会儿他外带附近西餐厅的牛排回来，正在大口享用时，男会计主任却一脸沉重地飞奔到他面前报告：

“公司要发的薪水不见了，被偷了！”

经理惊讶地把午餐扔下，来到现场查看，而这起突如其来的窃案详情，大致可以想象，如下所述。

刚好那时候这座工厂的办公室正在改建，因此平常计算薪资的工作本来在严锁门户的特别房间进行，那天却暂时改到经理办公室隔壁的接待室处理，而且到了午餐休息时间，不知道是哪里出了差错，那间接待室竟然空无一人。办事员彼此都以为有人会留下来，统统都去餐厅吃饭了，后来那些装满中国木箱的钞票捆，就被放在门没锁的房间里长达约半小时。肯定是有人趁着空档偷偷进来，把巨款拿走了。不过小偷没碰已经装进薪资袋的钱，还有零碎的纸钞，只拿走了中国木箱中的二十元和十元纸钞，损失金额约五万元。

经过各种调查后，结果还是判定方才来过的新闻记者很可疑。打电话给报社查证，对方回复一如所料，他们公司没有这个男员工。于是，打电话报警后，公司也不能延后发工资，又重新委托银行准备二十元和十元纸钞，闹得大家一阵混乱。

那位自称新闻记者，让老实的经理白白议论一番的男子，其实是当时报纸以绅士窃贼的尊称大书特书的大盗。

就这样，管区警察局的司法主任等人来过现场搜查后，并未发现任何线索。窃贼当然不是什么普通的小子，更不可能会遗留什么证物。唯一清楚的，是那名男子留在经理记忆中的容貌风采，但这种事也非常不可靠。毕竟服装等打扮随时可以更换，经理提出的线索，不管是玳瑁框的眼镜、嘴上的胡子，仔细想想，那都是变装最常使用的手法，根本靠不住。

于是无可奈何之下，警方只能盲目搜查，向附近的车夫、香烟店的老板娘、摊贩等人一一打听，是否有看到如此相貌的男子，如果有看到往哪个方向走了。当然窃贼的人像素描也遍发给市内各警局派出所。总之已经布下搜索线，却还是没有任何效果。过了一天、两天、三天，所有手段都用尽了。派人监视各停车场，也发电报给各县市的警察局请求协助。

如此过了一星期，窃贼还是不见踪影，已经令人陷入绝望了。只能等那个窃贼有犯下其他罪行被捕的机会。工厂的办公室每天每日都打电话到警察局，责备当局怠慢职务，搞得好像是署长自己的罪过一样，令人烦恼。

在这种绝望的状态中，有一名隶属于该警局的刑警，细心地遍访市内的每一家香烟店。

市内备有各种进口香烟的香烟店，在各区多则几十家，少则有十家左右。刑警几乎走遍了这些店家，现在只剩靠山区的牛込与四谷区内还没去过。

刑警觉得今天查访这两区若还是没有达成目标，就真的绝望了，就像宣读彩券中奖号码的时候，难以形容是期待还是害怕的感觉，一步步地一直走下去。他时常在派出所前止步，向巡警打听香烟店的地点，一边继续向前走。刑警满脑子只有 FIGARO、FIGARO、FIGARO……这个埃及香烟的品牌。

然而，就在他打算从饭田桥的电车站前往神乐坂，去找一家位于牛込神乐坂的香烟店，走在那条大马路上时。刑警忽然在一家旅馆前驻足。因为在那家旅馆前，兼作下水道盖子的花岗岩铺路石上，掉了一根香烟的烟蒂，如果不是够细心的人，根本不会注意到。而且，那个烟蒂竟然刚好和刑警到处找的埃及香烟一样。

接着，刑警就从这根香烟烟蒂提供的线索，终于把如此难对付的绅士窃贼也送进监狱，从香烟烟蒂到逮捕窃贼的过程，有些类似侦探小说的趣味，因此当时的某报纸，甚至连载刊登了当时某某刑警的居功自傲之谈——我这篇记述，其实也是根据那篇报道而来——为了赶紧往下说，很遗憾时间不够，这里我只能极为简单地说明结论。

就像读者也能想象到的，这位令人钦佩的刑警之所以能往下侦查，根据的是窃贼在工厂经理办公室留下的罕见香烟烟蒂。而且，他几乎走遍了各区的大香烟店，但即使店家备有一样的香烟，FIGARO 也是埃及烟中销路比较差的，最近贩卖的店家极少，因此买家全都一清二楚，没有任何值得怀疑的对象。

然而终于到了最后这一天，就像刚才说过的，刑警偶然在饭田桥附近的一家旅馆前，发现了相同的烟蒂。其实他也是瞎蒙进去那家旅馆查探，但竟然侥幸地成为逮捕罪犯的线索。

于是，经过了各种费尽心血，结果投宿那家旅馆的香烟主人，却和工厂经理描述的长相完全不同，警方只好想办法费了一番苦心，总算在那名男子房间的火盆底部，发现了犯案用的晨礼服与其他服装、玳瑁框眼镜，以及假胡子等等，证据确凿，成功逮捕了所谓的绅士盗贼。

那么，根据小偷接受侦讯时的供词，犯案当天——他当然知道那天是工人的发薪日才去拜访——他趁经理不在的时候，进入隔壁的计算室偷走那笔钱，折叠公事包里只放了雨衣和鸭舌帽，他取出后再把部分偷来的纸钞替代放进公事包，然后摘下眼镜、取下嘴上胡子，用雨衣把晨礼服的打扮罩住，戴上鸭舌帽取代绅士帽，最后从和来时不同的出口，一脸若无其事地逃走。那些小面额的纸钞高达五万元，这么大笔钱是怎么没让任何人起疑带走的？绅士盗贼对于这个问题，露出窃笑得意扬扬地回答：

“我们全身上下都是口袋，可以检查一下被扣押的晨礼服。乍见下是一般的晨礼服，不过其实就像魔术师的服装一样，到处都有暗袋。藏个五万元的钱根本不成问题，中国魔术师甚至还能把装了水的大碗藏在身上呢。”

那么，如果这起窃盗案就这么结束，也没什么意思了，不过这里有一个奇妙的点和一般的窃贼不同。而且这和我要说的故事主题大有关系。

事情就是，这名绅士窃贼对于被偷的五万元藏哪里，一句也不肯招供。警察、检察院、公审法庭，这三道关卡用尽各种手段拷问，他仍一口咬定不知道。而且到了最后，他甚至瞎说大概只用了一星期就把钱都花光了。

有关当局也只能透过侦查的力量找出那笔钱的下落了，而且据说找得很认真，还是完全一无所获。于是这名绅士盗贼，也因为藏匿五万元的事由，被判处对窃盗犯来说相当重的徒刑。

伤脑筋的是被害者工厂。工厂比罪犯更想找到五万元。当然警方并不会停止搜索那笔钱，但总觉得缓不济急。因此，身为工厂当前负责人的经理，为了找到那笔钱，公告了将以找到金额的一成作为悬赏，也就是五千元。

接下来我要说的，就是关于我和松村武有点趣味的故事，发生在这起窃案演变至如此地步的时候。

中

如同这个故事的开头稍微提过，这时候的我和松村武，正在偏僻的木屐店二楼的六张榻榻米房间里，已经寸步难行、走投无路，在贫穷的最底层满地打滚。

但是，在一切的凄惨中，还是有幸运的事，刚好这时是春天。这是只有穷人才懂的一个秘密，从冬末到夏初，穷人可以赚不少钱。不对，是感觉好像赚到。因为这时候可以把寒冷时才需要的外褂、内衣，甚至很糟的时候，可以把寝具、火盆之类的送去当铺的仓库。我们受益于这种气候的恩惠，免于担心未来的事，例如明天要怎么办、月底要付的房租从哪筹措之类的，暂时可以喘口气。而且，也可以去有一阵子去不了的澡堂，还能去理发，在餐馆也可以挥霍一下，点个一合[1]生鱼片什么的取代平常的味噌汤和腌菜。

① 日本容量单位，一升的十分之一。译者注。

有一天，我从澡堂舒服地回来，扑通地坐在满是伤痕快要坏的“一闲张”桌子前，这时本来独自一人的松村武，一脸带有奇妙兴奋的表情问我：

“是你把这个两分铜币放在我桌上的吧？那是打哪来的？”

“对啊，是我放的。那是刚才买烟找的零钱。”

“哪里的香烟店？”

“饭馆隔壁的，那个老太婆经营，生意不好的那家。”

“嗯——是吗。”

不知为何，松村认真陷入沉思。然后，他又纠缠不休地问起那枚两分铜币。

“你那时候，你买烟的时候，外面有客人吗？”

“我记得应该没有。对，不可能有。那时候老太婆在打瞌睡。”

听到这个答案，松村好像安心了。

“不过，那家香烟店除了那个老太婆以外，还有些什么人？你知道吗？”

“我和那个老太婆是好朋友，因为她那忧郁的臭脸刚好适合我异于常人的嗜好。所以我对那家香烟店算是很熟，那里除了老太婆以外，只有一个比老太婆更愁眉不展的老头子。可是你问这种事要做什么，怎么了吗？”

“没什么，小事而已。对了，既然你很熟，可以再多说点那家香烟店的事吗？”

“嗯，说说也无妨。老头子和老太婆有一个女儿。我见过他们女儿一两次，长相还算不差。反正听说她嫁给监狱的送货员了，那个送货员的生活过得相当不错，所以女儿会补贴家用，那家生意差的香烟店才没倒，勉勉强强经营到现在，我记得老太婆曾经这么说过……”

当我开始说起这些有关香烟店的见闻时，令人惊讶的是明明是松村武要我说的，他却好像已经听不下去似的站起身来。然后他开始在狭窄的日式房间中，活像只动物园的熊，慢吞吞地走遍每个角落。

我们两人平常都是相当随意任性的人，话讲到一半突然站起来，也不是什么稀奇的事。不过这时松村的态度怪得令我沉默不语。松村就这样在房间里来回走来走去，大概到处走了约三十分钟。我饶有兴味沉默地观察他。这种景象若有旁观者看到，一定会以为他好像疯了。

就在他来回走动的时候，我肚子饿了起来。刚好已经到了晚餐时间，洗过澡的我总觉得更饿了。于是，我问还在疯狂走路的松村要不要去饭馆，他却回我“抱歉，你一个人去吧。”我只好自己去了。

然后，我吃饱从饭馆回来，松村叫了个按摩师来按摩，真是稀奇。那是我们以前的熟人，盲哑学校的年轻学生，他抓着松村的肩膀，并频频发挥他天生的聊天专长。

“你别觉得我很奢侈，这是有原因的。好啦，你就暂时别说话看着吧，不久你就会明白了。”

松村对我先发制人，一副预防我指责的样子说道。昨天好不容易说服当铺的掌柜，倒不如说是强夺才拿到的二十多元，这笔共有财产的寿命，已经被这笔按摩费六十钱缩短了，此时肯定算是一种奢侈。

我对松村这种不寻常的态度，心生某种难以形容的兴致。于是我坐在自己的桌子前，拿出在旧书店买来的故事书之类的，装出一副专心阅读的模样，但其实我悄悄地偷看着松村的一举一动。

按摩师回去之后，松村也坐在我的桌子前，好像正在看什么纸片的样子，不久后他从怀里拿出另一张纸片放在桌上。那是一张极薄，约两寸见方的小纸片，只见写满了细小的文字。他好像很热衷于比较研究这两张纸片。然后他用铅笔在报纸的空白处，写了什么又擦掉，一直写了又擦的。

就在他做这些事的时候，电灯亮了，卖豆腐的喇叭声经过大街上，人来人往的行人似乎要去参加庙会，人龙绵延了一段时间，等到没有行人了，传来中国拉面店哀戚的唢呐声，不知不觉夜已深了。尽管如此，松村依旧埋头于这件奇妙的工作，连饭都忘了吃。我沉默地铺好自己的床倒头躺下，虽然无聊，除了把已经看过一遍的故事书再反复看过，也没别的事可做了。

“你有东京地图吗？”

松村突然转头这么问我。

“哎，我应该没有那种东西，去楼下问问老板娘吧。”

“嗯，说的也是。”

他立刻站起来，嘎吱嘎吱地走下梯子，不久后借来了一张快从折痕处破裂的东京地图。然后他又坐在桌前，热衷地继续研究。我以越来越旺盛的好奇心观察着他的样子。

楼下的时钟敲响了九点的钟声。松村长时间的研究看来似乎告一段落了，他从桌前站起来往我的枕头边坐下。然后好像有些难以启齿地说：

“你可不可以给我十元？”

松村这个不可思议的举动，还不能对读者坦白，我对此非常感兴趣。正因如此，虽然十元对当时的我们而言，是所有财产的一半，要给他这么大笔金额，我仍毫无异议。

松村从我手上接过十元钞票后，立刻穿上一件旧衬里和服，搭配皱巴巴的鸭舌帽，一言不发就拂袖出去了。

留下我一人对松村之后的行动左思右想各种的猜测。然后就在我一个人暗自发笑时，不知不觉迷迷糊糊地进入梦乡。过了许久，在半睡半醒之间，我感觉松村回来了，之后就什么都不知道，睡得很熟一觉到了早上。

相当贪睡的我，睡到了十点左右吧，睁眼一看被枕头旁站立的奇怪东西吓了一跳。那是一个身穿条纹和服，系着角带，扎着藏青色围裙，有商人气息的男子，他背着个不小的包袱站在那里。

“你这什么奇怪的表情，是我啦。”

这名男子竟然用松村武的声音这么说道，真令人讶异。仔细一看，那的确是松村没错，因为装扮完全变了，我一时之间才会搞不清楚状况。

“怎么了？干吗背个包袱？而且你怎么这副打扮？我还以为你是哪家店的掌柜。”

“嘘！嘘！你别那么大声。”松村双手比出压低声音的姿势，用喃喃细语的小音量说：“我带了不得了的礼物来了。”

“你这么早是去哪里了？”

我也受他古怪的举动影响，不自觉压低音量问他。接着松村一脸充满怎么忍也忍不住，满溢出来的傻笑，他把嘴巴凑到我耳边，用比之前更低、似有若无的声音这么说道：

“告诉你，这个包袱里装了五万元的钱呢！”

下

就像读者也已经料到的，松村武不知从哪里把那个绅士盗贼藏的五万元拿来了。他如果带去还电厂，这五万元还能获得五千元的悬赏金。然而松村表示他不打算这么做，而他的理由说明如下。

据他表示，太老实呈报这笔钱，不仅愚蠢还同时非常危险。有关当局专业的刑警们，花了约一个月到处找都还找不到这笔钱。纵使我们就这样收下来，又有谁会怀疑，而且对我们来说，五万元比起五千元不是更值得高兴吗？

而且最该害怕的，是那家伙、绅士盗贼的报仇。这家伙很可怕，宁愿牺牲自己延长刑期也要藏匿的款项，要是知道被抢走了，那个家伙是干坏事的天才，不可能会放过我们——松村以敬畏盗贼的口吻说道——光是保持沉默就很危险了，要是想还给失主，获得悬赏金，松村武的名字立刻会出现在报纸上。那不就是特意告诉他敌人的下落吗？

“不过至少在现在，我赢了那个家伙。欸你看，我赢了那个天才大盗。这时候拿到五万元当然很值得开心，但我的胜利快感更是不得了啊！我的头脑很聪明，至少你得承认比你聪明吧。引导我找出这个大发现的，是你昨天放在我桌上那个香烟找零的两分铜币。你没发现那枚两分铜币的一点细节，但我注意到了。而且我只从一枚两分铜币就找出了五万元的金额，欸，你看，五万元可是两分钱的两百五十万倍呢，这是什么意思你知道吗？就是至少我的头脑比你的优秀对吧！”

两个青年多少算是知识分子，一起生活在一间房间里，会竞争谁的头脑好，也是极为理所当然的事。松村武和我平常有空就经常展开论战，当我们忘情地聊天时，不知不觉天亮了也不稀奇。而且松村和我都互不相让，彼此都主张是“我的头脑比较好”。于是松村想以这个功劳——极为伟大的功劳——证明我们两个头脑的优劣。

“知道了，知道了。你就别再逞威风了，说说你怎么拿到这笔钱的经过吧。”

“先别急，我觉得比起说明过程，倒不如多想想这五万元的用途。不过，为了满足你的好奇心，我就稍微简单地谈谈这段艰难的过程吧。”

可是，那绝非只是为了满足我的好奇心，更是为了满足他自己的虚荣心。总之，他讲出所谓的艰难过程，如下所述。我则不客气地待在被子里，仰望他动得扬扬得意的下巴周围，竖耳倾听。

“昨天你去澡堂后，我玩弄着那枚两分铜币时，奇妙地发现了铜币的四周有一条线。我觉得这好怪，仔细检查后，竟然发现惊人的事，那枚铜币裂成两半了，你看。”

他从桌子的抽屉拿出那枚两分铜币，正好宛如打开宝丹[①]盒的样子，旋转螺纹上下打开。

“你看，这个，中间有空洞。这是用铜币做成的某种容器。你看这工艺多么精巧，和普通的铜币完全没两样。看到这个，我就有个推测。我曾经听说越狱高

① 一种药粉，可治头痛、恶心、头晕等等。译者注。

手用的锯子，是把怀表的发条弄成锯齿状，外表很像矮人岛的带锯，再把两枚铜币磨薄制成容器，放进带锯，只要这么做，据说无论多么严密的牢房铁条，都能轻易锯断越狱，听说这原本是外国小偷传过来的手法。因此，我想像这枚两分铜币，应该也是从这种小偷手上，不知经过怎样的混乱才流出来的。然而，奇妙的不只这点。因为比起这枚两分铜币，从铜币里拿出的一张纸片更引发了我的好奇心。这就是那张纸片。”

那就是昨晚松村拼命研究的薄薄小纸片。那张约两寸见方，如薄叶般的日本纸上，以细小的字体写着以下这段莫名其妙的内容：

陀，无弥佛，南无弥佛，阿陀佛，弥，无阿弥陀，无陀，弥，无弥陀佛，无陀，陀，南无陀佛，南无佛，陀，无阿弥陀，无陀，南佛，南陀，无弥，无阿弥陀佛，弥，南阿陀，无阿弥，南陀佛，南阿弥陀，阿陀，南弥，南无弥佛，无阿弥陀，南无弥陀，南弥，南无弥佛，无阿弥陀，南无陀，南无阿，阿陀佛，无阿弥，南阿，南阿佛，

陀，南阿陀，南无，无弥佛，南弥佛，阿弥，弥，无弥陀佛，无陀，南无阿弥陀，阿陀佛，

“我觉得这段看起来好像和尚说梦话的内容是什么啊。一开始我以为是乱写，可能是悔改前非的小偷什么的，为了消弭罪过才写了一堆南无阿弥陀佛，然后再把纸代替越狱的工具放进铜币中。可是说来奇怪，他又不是连续写南无阿弥陀佛，他都是写陀或无弥陀之类的，虽然全都在南无阿弥陀佛这六个字范围内，但没有任何一个是完整六个字。有的少一个字，也有少四五个字的。我察觉这并非只是乱写。

“刚好这时候，传来你从澡堂回来的脚步声。我赶紧把两分铜币和那张纸片藏起来。为什么要藏呢？我自己也不清楚，大概是想独占这个秘密吧。我想等一切真相大白后给你看，好向你夸耀一番。然而，正当你爬上梯子的时候，我的脑袋突然有个了不起的想法灵光一闪。我想到的，就是那个绅士盗贼。虽然不知道他把五万元的纸钞藏在哪里，但他总不会愿意放着直到刑期届满吧。因此他一定有手下或搭档可以保

管那笔钱。现在假设他因为突然被捕，还没来得及通知搭档五万元藏哪里，那他该怎么办？以他的状况，只能趁待在拘留所期间，用某种方法联系同伴。这张来路不明的纸片，如果就是通信文的话……

“这样的想法闪过我的脑袋，这当然是幻想，不过是有点天真的幻想。于是我才会问你两分铜币的来源。可是你却说香烟店的女儿嫁给监狱的送货员，如果待在拘留所的小偷想与外界通信，利用送货员当媒介是最容易的方式。然后，如果这个计划因为某种情况出了差错，那通信的内容就留在了送货员手上。而信又被那家的女儿送到了娘家，如果不这样解释又该怎么说呢？哎呀，我完全入迷了。

“那么，如果这张纸片上无意义的文字是一种暗号，那么解开的钥匙是什么？我在这间房里四处走动思考着，要破解相当困难，即便全部挑出来看，也只有南无阿弥陀佛这六个字和逗号。用这七个记号可以拼成怎样的词句呢？

“我以前稍微研究过暗号文。虽然我不是夏洛克·福尔摩斯，但我也知道一百六十种左右的暗号写

法。[请参阅《小舞人探案》(*Dancing Men*)]

“接着，我把我所知道的暗号记法，一一在脑海中浮现回想，然后寻找类似这张纸片上的符号，费了我不少时间。我记得那时你还邀我一起去饭馆吧？我拒绝你，拼命在思考。最后，我只发现两种有点相似的暗号。

“一种是 Bacon 发明的 two letter 暗号法，这是仅利用 a 和 b 这两个字母做各种组合，即可拼出各种词句。例如，想要表达 fly 这个词，就拼成 aabab，aabba，ababa。

“另一种是查理一世的王朝时期，盛行于政治的机密文书，以一组数字替代罗马字母，例如——”

松村摊开桌角的一张纸片，上面写着以下文字：

ABCD……………………

1111　1112　1121　1211……………………

“换句话说，这做法是用一千一百一十一代替 A；一千一百一十二代替 B。我想像这组暗号也和这些例子一样，是用南无阿弥陀佛做各种组合取代伊吕波四十八字[①]。

“然后，要破解这个暗号的方法，如果是英文、法文或德文，只要像爱伦·坡的《金甲虫》（*Gold bug*）一样找出e就好办了，但伤脑筋的是，这组暗号肯定是日文。为了慎重起见，我试了一下坡的归类法，但仍一筹莫展，我在这里忽然陷入僵局。

“六个字的组合、六个字的组合，我一直想着这个，又绕着房间走动。我觉得这六个字应该有某种暗示，所以我试着尽量想出能够用六这个数字组成的东西。

“在我胡乱排列六个数的字组时，忽然想起故事书中曾提到真田幸村[②]的六文钱旗帜[③]。这种东西和暗号应该一点关系也没有，但不知为何我却在口中嘟囔着‘六文钱’。

---

① 一种日语假名的排列次序，现代日文改用五十音，译者著。

② 日本战国时代末期的武将，译者著。

③ 真田幸村军旗上的图案，旗帜上铜币图案上下两个并列，共排三列，译者著。

“此时，就在这时候，我灵光乍现，有东西从我的记忆中窜出。那就是把六文钱直接缩小，盲人使用的点字。我不禁大叫‘真妙！’。毕竟这可是五万元的问题。

“我对点字并不熟悉，只记得是六个点的组合。因此我才会立刻叫按摩师来教我，这就是按摩师告诉我的点字伊吕波假名。”

松村说着从桌子的抽屉拿出一张纸片，上面排列写着点字的五十音、浊音符、半浊音符、拗音符、促音符、长音符、数字，等等。

“现在，先把南无阿弥陀佛从左边开始，每三字为一组排成两行，就形成和点字一样的排列了。南无阿弥陀佛的每个字和点字的各点刚好相符。这样一来，点字的ア（A）就是南、イ（I）就是南无，暗号就能依此类推应用解开了。所以，这个就是我昨夜解开暗号的结果。最上方那一列是把原文的南无阿弥陀佛排列成和点字一样；中间那一列是对应的点字；而最下面那列是翻译的结果。”

松村说着，又拿出像上面那种纸片。

“ゴケンチヨーシヨージキドーカラオモチヤ

ノサッヲウケトレウケトリニンノナハダイコクヤシヨーテン（自五轩町正直堂领取玩具钞领收人之名为大黑屋商店）。意思也就是去五轩町的正直堂领取玩具钞，领取人的名字是大黑屋商店。意思很清楚，可是为什么要去领什么玩具钞？于是，这又让我思考了一会儿。不过，这个谜题相较之下轻易就解开了。而且让我由衷佩服那名绅士盗贼，他的头脑聪明又灵活，还富有小说家的机智。欸，你觉不觉得玩具钞很厉害？

陀	弥 无 佛	南弥 无 佛	陀 阿佛	弥	弥 无陀 阿	无陀	弥	弥 无陀 佛	无陀	陀	南 无陀 佛	南 无 佛
○○ ○● ○○	○● ●○ ○●	●● ●○ ○●	○○ ○● ●●	○● ○○ ○○	○● ●● ●○	○○ ●● ○○	○● ○○ ○○	○● ●● ○●	○○ ●● ○○	○○ ○● ○○	●○ ●● ○●	●○ ●○ ○●
浊音符	ゴ	ケ	ン	チ	ョ	ー	シ	ョ	ー	浊音符	ジ	キ
陀	弥 无陀 阿	无陀	南 佛	南 陀	弥 无	弥 无陀 阿佛	弥	南 陀 阿	弥 无 阿	南 陀 佛	南弥 陀 阿	陀 阿
○○ ○● ○○	○● ●● ●○	○○ ●● ○○	●○ ○○ ○●	●○ ○● ○○	○● ●○ ○○	○● ●● ●●	○● ○○ ○○	●○ ○● ●○	○● ●○ ●○	●○ ○● ○●	●● ○● ●○	○○ ○● ●○
浊音符	ド	ー	カ	ラ	オ	モ	チ	ャ	ノ	サ	ツ	
南弥	南弥 无 佛	弥 无陀 阿	南弥 无陀	南弥	南弥 无 佛	弥 无陀 阿	南 无陀	南 无 阿	陀 阿佛	弥 无 阿	南 阿	南 阿佛
●● ○○ ○○	●● ●○ ○●	○● ●● ●○	●● ●● ○○	●● ○○ ○○	●● ●○ ○●	○● ●● ●○	●○ ●● ○○	●○ ●○ ●○	○○ ○● ●●	○● ●○ ●○	●○ ○○ ●○	●○ ○○ ●●
ウ	ケ	ト	レ	ウ	ケ	ト	リ	ニ	ン	ノ	ナ	ハ
陀	南 陀 阿	南 无	弥 无 佛	南弥 佛	弥 阿	弥	弥 无陀 佛	无陀	南弥 无陀 阿	陀 阿佛		
○○ ○● ○○	●○ ○● ●○	●○ ●○ ○○	○● ●○ ○●	●● ○○ ○●	○● ○○ ●○	○● ○○ ○○	○● ●● ○●	○○ ●● ○○	●● ●● ●○	○○ ○● ●●		
浊音符	ダ	イ	コ	ク	ヤ	シ	ョ	ー	テ	ン		

“我这么想象，而且幸运的是，我完全料中了。绅士盗贼考量若有个万一，事先肯定准备了藏赃款最安全的地点。再说了，全世界最安全的藏法就是不藏，暴露于众人眼前，而且任谁也不会察觉的藏法才是最安全的。

“我可以想象那个惊人的家伙注意到这点，所以他想出了玩具钞这个巧妙的把戏。我想，那家正直堂可能是印刷玩具钞的店家——这也被我猜中了——他真的用大黑屋商店的名义事先订了一批玩具钞。

“最近听说和真品没两样的玩具钞，在花街柳巷之类的地方很流行。这是我听谁说过的？啊，对了，是你有一次提到的。最近，风流人士把一些逼真的玩具，例如惊喜弹跳箱、泥巴做的点心、水果，以及假蛇玩具等等，用来吓女孩子取乐。所以，他就算订了和真钞一样尺寸的钞票，也丝毫不会受到怀疑。

“先这样准备后，等他顺利偷出真钞，可能再潜入那间印刷店把真钞和自己订购的玩具钞调包。这么一来，在订货人前往取货前，五万元这笔全国通行的纸钞，就能当作玩具钞，安全地留在印刷店的库房了。

“这或许只是我的想象，不过这个想象相当有可能。总之我下定决心要去查探看看。我在地图上寻找五轩町这个地名，找到在神田区内。于是我总算要去领玩具钞，但这里有点困难，因为，我不能留下任何去取钞的痕迹。

“如果被人知道了，不知道那个可怕的坏蛋会怎么报仇，光想到就让懦弱的我背脊发凉了。总之，我必须尽量看起来不是我，所以才会那样变装。我用那十元从头到脚换了一身装束。你看看，这是个还不错的主意对吧！”

松村说着露出他整齐的门牙。我从刚才就注意到，他嘴里有颗金牙闪闪发光。他洋洋得意地用指尖摘下金牙，递到我眼前。

“这是夜市卖的，在镀锡铁上镀金，只是套在牙齿上的东西，仅仅二十钱的镀锡铁碎片就能发挥大用处。金牙这种东西非常引人注意，所以将来如果有人要找我，首先就会用这颗金牙当作目标吧！一切准备妥当后，今天一早我就前往五轩町了。我担心的一件事，是那笔玩具钞的货款。那个窃贼一定会怕店家转卖给别人，先预付款项了，但如果还没付钱，至少需要二三十元吧，很不巧的我们手头没那么多钱。到时只好想办法蒙混过去，我就不顾一切出门了——果然如我所料，印刷店对钱的事什么话也没说，就把商品交给我了——就这样，我漂亮顺利夺得五万元……那么该想想用途了，怎么样，你有什么想法吗？"

松村很难得如此兴奋，这么大肆雄辩地说话。我由衷对五万元的金钱威力感到惊叹。虽然我应该避免每次烦琐的形容，但松村谈这段艰苦的过程时，那种眉飞色舞的模样实在值得一看。虽然他非常努力不想让脸上露出轻浮的开心表情，但努力又努力之后，依然无法隐藏从内心深处油然而生、难以形容的喜悦笑容。

他说话时偶尔露出一丝笑容，那种无法形容的疯癫笑容，反倒令我觉得可怕。但是，我也听过古时候有穷人中了一千两彩券而发疯的故事，因此松村为了五万元狂喜也绝非毫无道理。

我希望他的喜悦能永远持续下去，为了松村，我如此祈愿。

然而对我来说，有件无论如何也不能改变的事实，让我迸发出想忍也忍不了的笑声。虽然我训斥自己不该笑出来，但我心中喜欢恶作剧的小恶魔，却对此事不气馁地搔痒逗我笑。害我更加放声大笑，简直像看到最可笑的滑稽剧一样。

松村目瞪口呆，他看着捧腹大笑的我，然后一脸好像碰到怪东西地说：

"你是怎么了？"

我好不容易忍住笑意回答：

"你的想象力实在了不起，能干下这么件大事。我一定会比以前更加倍尊敬你的脑袋。诚如你所言，要比聪明我比不上你。不过，你相信现实有这么传奇吗？"

松村没有回应，以一种异常的表情凝视我。

"换句话说，你觉得那名绅士盗贼真的如此机智过人吗？以小说而言，我承认你的想象确实无可挑剔，但是这世界比小说现实多了。而且，如果要针对小说来讨论的话，我想稍微提醒你一点，那就是，这篇暗号文难道没有其他的解法吗？意思也就是，你翻译的文字，难道没有再次被翻译的可能吗？譬如这个词句，能不能每隔八个字跳读呢？”

我说着把松村写的暗号翻译文加上以下的记号：

ゴケンチョーショージキドーカラオモチャノサツヲウケトレウケトリニンノナハダイコクヤショーテン

“ゴジャウダン，你知道这‘开玩笑’是什么意思吗？咦，难道这是偶然吗？意思会不会是某人的恶作剧呢？”

松村不发一语站起身来。然后把他确信装有五万元钞票捆束的那个包袱，拿到我面前。

“可是，要怎么解释这个铁证，五万元可不是从小说中生出来的。”

他的声音饱含着决斗时的认真，我害怕了起来，而且不禁对自己的小恶作剧得到意料外的巨大效果，感到后悔不已。

“我对你做的事真的很抱歉，请你原谅我。你那么视如珍宝拿回来的，其实是玩具钞。哎，你可以打开仔细检查。”

松村以一种奇异的手部动作，简直像在黑暗中找东西一样——见他如此，我更觉得过意不去——他花了很久时间才解开包袱。里面有两个用报纸精心包裹的方形纸包，其中一个的报纸已经破裂，露出里面的东西。

“我在中途打开过这个，亲眼看过了。”

松村说话的声音如鲠在喉，继续把报纸完全去除。

那是极为逼真的假钞，乍看下所有方面都像真的。但是，若仔细一看，会发现这些钞票的表面，印着大大的“团”字取代“圆”[①]。不是二十圆、十圆，而是二十团、十团。

松村简直不敢相信，重新看了好几次。他脸上的笑影就在确认真假中完全消失，而后留下深深的沉

① 日元纸币中表示金额的单位旧写作“圆”。译者注。

默。我的心中满是歉意，向他解释是我恶作剧太过火了，可是松村置若罔闻，那天整天只是沉默着活像个哑巴。

这个故事到此已经说完了。不过为了满足各位读者的好奇心，我必须对自己的恶作剧说明几句。

正直堂这家印刷店其实是我远亲开的，我某天被逼得走投无路、迫不得已时，想起这个平常老是借钱不还的亲戚。然后我想或许能再借点钱，虽然不乐意，我还是拜访了久违的亲戚——当然这件事松村毫不知情——借钱的事一如预料的失败了，但没想到那时也让我看到店里正在印刷，与真钞并无二致的玩具钞。而且我还听说，这是大黑屋这家多年老主顾订购的货品。

我把这个发现与我们每天的聊天话题，那个绅士窃贼联想在一起，就想出这个无聊的恶作剧，设下一场骗局戏码。那是因为我和松村一样，平时渴望于能够获得展现自己优越的材料，以证明自己的聪明。

那篇不自然的暗号文当然是我编的，可是我不像松村那么熟悉外国暗号史，只不过是一个偶然的念头罢了。香烟店的女儿嫁给送货员的说法也是胡说八道，首先连那家香烟店有没有女儿都还是个问题。

不过，在这场戏中，我最担心的不是这些戏剧性方面的事，而是最现实，可是以整体来看，极为鸡毛蒜皮、带有诙谐性的一点，那就是我看上的那批玩具钞能不能一直留在印刷店里，直到松村去领取还未被发送出去。

至于玩具钞的货款我一点也不担心。我的亲戚和大黑屋是采用定期结算的交易方式，而且更有利的是，正直堂采取极为原始、宽松的经商方式，松村不用特别把大黑屋老板的提货证明带去，应该也不至于失败。

最后，关于这个骗局的起点——那枚两分铜币，很遗憾我必须避免在此详细说明。因为要是我写得有所疏忽，日后送我那东西的人或许会蒙受意外之灾。各位读者就当作是我偶然持有吧！

附录三

算盘传情

○○造船股份有限公司会计部的T，今天不知道怎么了，一反常态老早就来到办公室。接着他走进会计部的办公室后，把外套和帽子挂在一旁的墙上，显然静不下来的样子，东张西望地环视室内。

距离上班时间九点还相当久，因此办公室没有任何人进来。只见刺眼的早晨阳光，照亮了多张并排的廉价办公桌上堆积的白色灰尘。

T确认空无一人后，没有走到自己的座位，却悄悄坐在他隔壁，担任他助手的年轻女事务员S子的办公桌前。接着他一副要偷什么东西的样子，从书架中取出和许多账簿一起竖立摆放的一把算盘，放在办公桌的边缘，以极为熟练的手势，噼里啪啦地拨起算盘。

“十二亿四千五百三十二万两千两百二十二元七十二钱，呵呵。”

他宣读算盘上这笔非常庞大的金额，露出玄妙的笑容。接着他维持那把算盘的数字，尽量放在S子容易看见的位置，再回到自己的位子，若无其事地开始那天的工作。

不久后，一位事务员开门进来了。

“嗨，你今天特别早啊。”

他惊讶地向 T 打招呼。

“早安。”

T 以喉咙紧缩的声音，内向地回答。如果是一般的事务员同事，应该会开个欢乐的玩笑，但知道 T 正经性格的人，只是尴尬地直接默默到自己的位子，取出账簿之类的发出砰砰的声响。

不久后事务员们一个接一个进来了，而其中当然也包括 T 的助手 S 子。她对隔壁座位的 T 礼貌地打声招呼，坐到自己的办公桌。

T 一脸拼命工作的表情，并偷偷地注意她的动作。

“她会不会发现桌上的算盘呢？”

他提心吊胆，侧眼偷看着她。然而让 T 失望的是，她一点也不觉得桌上有算盘很奇怪，迅速就把算盘推到一旁，取出书脊写着“成本计算簿”的大账簿，在桌上摊开。T 见此好生失望，他的计划彻底失败了。

“不过，失败一次而已，用不着失望。我只要多试几次直到 S 子发现就行了。”

T 在心里这么想，总算重振起精神。然后他一如往常的正经八百，努力完成交付的工作。

其他的事务员都各自开开玩笑、发发牢骚，整天吵吵闹闹的，只有 T 不加入这群人，一直沉默寡言埋头工作直到下班时间。

“十二亿四千五百三十二万两千两百二十二元七十二钱。”

第二天 T 也在 S 子的算盘上拨了相同的金额，并放在桌上显眼的地方。然后跟昨天一样，积极地注视着 S 子来上班到座位时的样子。没想到，她还是什么都没发现，把那把算盘推到旁边。

隔天、再隔天，五天都重复同样的事。然后，到了第六天的早上。

那天 S 子不知为何比平常更早来上班。那时 T 刚好把那个金额拨在 S 子的算盘上，才刚回到自己的座位，所以显得非常惊慌失措。该不会刚才拨算盘的时候被看见了吧？他战战兢兢地看了 S 子的脸。不过幸运的是，她好像一无所知，像平常一样礼貌地打招呼后，就坐到自己的座位了。

办公室只有 T 和 S 子两人。

“这次的 ×× 丸号终于到了安装锅炉的时候了，制造成本也增加非常多吧！”

T 为了掩饰难为情，问了这件事。胆小的他即使遇到如此绝佳的机会，也无法开口提工作以外的事。

“对啊，含工资已经超过八十万元了。”

S 子瞥了一眼 T 的脸，以认真的口气回答。

“这样啊，这次的工作实在是件大工程。不过很不错，因为可以把东西强行双倍卖出去。”

哎呀，我怎么会说出这种荒唐卑鄙的话。T 一察觉到这点，不由得脸都红了。T 非常在意这种一般人根本觉得没什么的事。然后他意识到自己脸红被对方看见，让他的脸颊更热了。他一边奇怪的干咳，一边把脸转向不同的方向，想要敷衍过去。可是 S 子其实并未发现这位嘴上留着漂亮胡子的上司 T，竟然为了这种事狼狈失措，无心地随声附和他的话。

就这样当他们有一搭没一搭对话的时候，S 子忽然盯着桌上的那个算盘。T 不自觉吃了一惊，注意她的眼神，但她只是疑惑地看了一下那个大得夸张的金额，又立刻抬起眼睛继续对话了。T 只好又再次失望。

之后的几天，他固执地继续做相同的事。T 每天早上都以非常开心的心情等待 S 子到她的位子。但是过了两天、三天，S 子也对回家时收到书架上的算盘，早上来了一定放在桌子的正中央，感到很可疑。而且她似乎也发现算盘上总是出现相同的数字，某次甚至还出声读了那个十二亿四千云云的金额。

然后，T 的计划终于在某天成功了。这时距离第一次已经过了两个星期，那天早上 S 子比平时盯着那个算盘更久。她歪着头好像在沉思什么；T 也忐忑不安，异常积极地凝神注视着她的表情，以免看漏了任何些微的变化，这是令人窒息的几分钟。而过了一会儿，S 子好像突然恍然大悟，转头看他的方向。接着两人的视线不期而遇。

T 觉得那个瞬间，她肯定明白一切了。原因是当她察觉 T 别有深意的凝视后，突然就满脸通红地把头转回去。不过，视不同情况而定，她可能也只是因为察觉被男人盯着看，觉得害羞而脸红，但对于当时丧失理智的T来说，无暇思考到这点。他自己也脸红，却非常满足，心里飘飘然地注视着她那染成鲜红的美丽耳垂。

故事到这里必须对T这个不可思议的行为稍加说明。

我想读者已经猜到了，T是个非常内向的男人，而且对女人就更严重了。虽然他才刚毕业没多久，到今天也将近三十岁了，竟然没谈过半次恋爱，不，他甚至不曾和年轻女性好好聊过。当然并不是他都没机会，而是他那旁人一点也无法想象的胆小性格惹的祸。其中一个原因，是他对自己的容貌没有自信。他很怕糊涂地告白被人拒绝。尽管胆小，自尊心比别人更强的他，对于这种求爱被拒时造成的尴尬与难为情，感到无比恐惧。“没看过那么讨人厌的人。”对容貌没自信的他，耳边不断听见这种令人毛骨悚然的话。

然而那样的他，看来这次也忍不住了，S子是如此掳获了他的心。可是，他当然还没有直接坦然表达爱意的勇气。有没有什么即使被拒绝也不会丢脸的方法呢？胆怯的他有了这样的念头。于是，这种男人以特有的异常固执，想了种种方法后又否决，反复想了又否决。

他在公司和S子并坐办公时，还有和她若无其事地互相讨论工作时，都不断想着这件事。不管记账还是打算盘时，无时无刻都不曾忘记。于是到了某一天，当他在打算盘的时候，忽然想到一招妙计。

“或许这有点难以理解，但这样做就万无一失了。”

他满意地窃窃一笑。他的公司每个月分两次支付几千名工人薪水，会计部的工作就是每次根据工厂转送来的打卡单，计算每名工人的薪水，再放进每个人的薪资袋，亲手交给各部的领班。为此需要数名人员负责计算薪水，因为这工作非常忙碌，许多时候需要会计部有空的人全体出动，帮忙核对或协助其他工作。

此时为了记账方便，总是需要把几千张卡依照工人姓名的首字（伊吕波顺，日文假名的传统排列法）分类排序。一开始采取的方法是把桌子挪开，到

宽广的地方，只依照“伊吕波”的顺序排列，但这样太费事了，就改成先分类一次“アカサタナハマヤラワ（A KA SA TA NA HA MA YA RA WA）”，再各自继续分类“アイウエオ（A I U E O）”或“カキクケコ（KA KI KU KE KO）”。因为一直这么排列，会计部的人已经对日文五十音的位置倒背如流了。譬如说到“野崎（NOZAKI）”，就会立刻想到这是第五行（ナ行）的第五个字。

T反向应用这个方法，借由算盘上代表的数字，做出简单的暗号通信。也就是说，要表达ノ（NO）这个字，只要在算盘上拨出五十五就可以了。虽然数字不断连接或许有点难以解读，但只要仔细观察，因为这是平常熟悉的数字，迟早肯定会发现。

那么我们就试着解开看看，他到底传了什么讯息给S子吧！

十二亿是第一行（ア行）的第二个字的意思，所以是イ（I）；四千五百是第四行（タ行）的第五个字ト（TO）；依此类推，三十二万是シ（SHI）；两千两百是キ（KI）；二十二元也是キ（KI）；七十二钱是ミ

（MI）。结果正是“いとしききみ（可爱的你）”。

如果要亲口说出“可爱的你”，或写成文章，T应该会害羞得办不到吧，但像这样用算盘表达就无所谓了。即便被其他人发觉，也可以搪塞这是算盘的珠子偶然排成这样。最重要的是，这和写信之类的不同，不用担心留下证据。不得不说实在是万全之策。幸运的话，S子破解也愿意接受当然最好；万一结果不如人意，对她来说也和诉诸语言或书信表达不同，既然她无法公然拒绝，也就不可能对别人张扬了。这么看来这个方法似乎成功了。

“看那个S子的举动，十之八九应该不会失望了吧。”T觉得这下真的没问题了，接着这次稍微改了金额，拨出“六十二万五千五百八十一元七十一钱”。

他又持续拨这个数目过了几天。只要应用和之前相同的方法来看，立刻就会明白，这个意思是“ヒノヤマ（HINOYAMA）”，也就是樋山，这是位于离公司不远的小山丘上，这个城镇的小型游乐园。T甚至开始用这方法通讯约会的地点。

到了某一天，尽管T已经确信S子和他有充分的默契，但他还是没有勇气提起工作以外的话题，老样子和S子的话题还是只有账簿之类的事。于是，在他们稍微中断对话后，S子目不转睛地看着T的脸，在她可爱的嘴角浮现一丝笑容说道：

“把算盘放在这里的人是你吧？已经很久了吧，我早就在想到底是怎么回事了。”

T大吃一惊，要是在此时否认的话，难得的苦心就白费功夫了，因此他鼓起全身的勇气如此回答：

“对，是我。”

然而可悲的是，他的声音发抖得厉害。

“哎呀，果然是这样，呵呵……”

然后她立刻转移到别的话题，但T永远忘不了那时S子所说的话。她到底为什么要说那样的话呢？或许也能解释成肯定我了，但才刚这么想，又看她一副完全天真无邪，什么也没发现的模样。

“女人的心，我真是弄不明白。”

事已至此，他只能叹息。

“不过，无论如何就坚持到底看看吧。纵使她已经有感觉，还是很害羞吧。”

他没想过这完全是他自己一厢情愿。于是到了隔天，这次他干脆拨出“二十四亿六千三百二十一万六千四百九十二元五十二钱”。

“ケフカヘリニ（KE FU KA HE RI NI）”也就是“今天下班后”的意思。就这样一不做二不休，一次解决吧。今天下班后她如果能来樋山的游乐园当然最好；如果不来的话，这次的计划就完全失败了。

明白“今天下班后”的意思时，纯真的少女一定会非常心绪不宁。可是她却一本正经不在乎的模样，这是怎么回事？哎呀，到底是吉是凶，多么令人着急。T只有这一天急切盼望着下班时间，急得不得了，工作几乎已经心不在焉了。

但是不久后，等了又等的下班时间四点终于到了。办公室四处响起啪嗒啪嗒收拾账簿之类的声音，性急的人已经连外套都穿上了。T一声不吭地按耐住着急的心，注意S子的样子。他认为如果她打算依照他的指示去指定的地点，即使再怎么伪装不在乎，回家打招呼的时候，态度上绝不可能看不出端倪。

可是，哎呀，果然还是不行吗？她向T和往常一样礼貌打声招呼后，就取下挂在墙壁的围巾，开门走出办公室了，从她的表情和态度，完全找不到任何与平常不同之处。

困惑不安的 T 发呆目送她的背影离去，连离席起身的动作都没有。

“活该！像你这种男人，只要一年到头努力工作就好了，没有谈恋爱的资格。”

他不禁咒骂起自己，接着他以丧失光芒的悲伤眼神，直盯着一个点，始终不停陷入没有价值的沉思中。

不过过了一会儿，他忽然发现了某样东西。直到刚才他都一点也没发现，S 子收拾得很干净的桌上，这个东西是怎么回事。就像他每天早上做的一样，那把算盘不是好好地摆在那里吗？

意想不到的喜悦，突然跃上他的心头。他猛然靠过去，试着读出上面呈现的数字。

“八十三万两千两百七十一元三十三钱。”

痛快的热流在他的脑中扩散。于是，他的耳畔响起如同连敲的钟声般，骤然加快的心跳。那把算盘上

拨出了和他的暗号相同逻辑的“ゆきます（YU KI MA SU）（我会去）”。这不就是S子留给他的回答吗？

他马上取下外套与帽子，甚至忘了收拾桌上，就立刻飞奔出办公室了。然后他一边想象着S子在那里静静伫立，焦急盼望他来的模样，一边上气不接下气地跑到樋山的游乐园。

虽说这里是游乐园，不过只是在小山顶上的一块小广场，有一两家茶摊在此营业。除了视野良好以外，就是个没有可取之处的地方。仔细一看，就连那家茶摊都已经打烊，空荡荡的广场上，不久就要天黑，只剩红褐色的阳光，在地上留下长长的树木影子，半个人影也没有。

“那么她一定是为了换衣服，先回家了吧。难怪了，仔细想想，穿那件旧褐红色的和服裤裙，一身事务员的打扮才不会来吧。”

因为算盘的回复而完全放心的他，坐在扔到外面的茶摊折凳上，抽着烟，品尝着有生以来第一次等待的痛苦，不知为什么，别说痛苦了，感觉还非常甜蜜。

可是，S 子一直都没来。附近已经渐渐昏暗了。乌鸦群悲伤的叫声，以及邻近的火车站传来的汽笛声，T 一人孤零零地坐在广场正中央，这些声音在他心中听起来很凄凉。

不久后夜晚来临。竖立在广场四处的电灯开始亮起寒冷的光。这下子连 T 也不由得感到不安了。

“说不定是她家人难搞，不准她出门。”

现在这是他唯一的希望。

“还是难道我误会了？说不定那根本不是什么暗号。”

他焦躁地在那附近绕来绕去。心里宛如空洞一般，只有头脑火烫发热。S 子的各种姿态、表情、言语，一个接一个在他眼前浮现。

“她一定也在家里闷闷不乐地担心我吧。”

这么想的时候，他的心脏仿佛像发高烧一样激烈跳动。可是，有时又有一种无比悲伤的焦躁袭来。于是，他觉得自己在这种寒天中等待不会来的人，始终在这种地方徘徊，实在笨得令人气愤。

他大概空等了两小时以上。已经再也忍不下去的他，不久后拖着沉重无力的步伐开始下山。

然后等到他大概下山一半时，他恍然大悟地在那里呆立不动。忽然有个出乎意料的想法在他的脑海中浮现。

“可是，这种事果真可能发生吗？”

他本想把这种荒谬的想法一笑置之。可是，怀疑一旦浮现就不易消除了。他若不确认看看就无法静下心来。

于是他匆匆忙忙折返公司。然后要工友打开会计部办公室的门，立刻走到S子的桌子前，取出竖放在书架上的成本计算簿，翻开填写XX丸号制造成本的部分。

“八十三万两千两百七十一元三十三钱。”

这是多么巧合的奇迹啊。这个结算结果的总计金额竟偶然地和“我会去”的暗号一致。今天S子不过是算完这笔总计金额后，忘记收拾就回家而已。而且，这绝不是什么恋爱的信息，只是没有灵魂的数字堆砌罢了。

太过惊讶令他目瞪口呆，他以一种奇异的表情，恍惚地远眺着那个可恨的数字。他的脑中丧失所有的思考能力，只是清楚浮现出 S 子在这十几天一点也没察觉他悲惨的焦虑，发出那爽朗的笑声，在温暖的家庭中天真谈笑的模样。

图书在版编目（CIP）数据

诡计集成：江户川乱步的推理笔记/(日)江户川乱步著；陈冠贵译.
—北京：中译出版社，2022.4（2025.9重印）

（和风录）

ISBN 978-7-5001-7023-5

I. ①诡… II. ①江… ②陈… III. ①日本文学－文学评论－文集
IV. ①I313.06-53

中国国家版本馆CIP数据核字（2022）第046377号

出版发行：中译出版社
地　　址：北京市丰台区右外西路2号院中国国际出版交流中心
电　　话：（010）68359827，68359303（发行部）；68359725（编辑部）
传　　真：（010）68357870　**邮　　编**：100069
电子邮箱：book@ctph.com.cn　**网　　址**：http://www.ctph.com.cn

责任编辑：王诗同
策划编辑：刘瑞莲
封面设计：黄　浩

排　　版：中文天地　**印　　刷**：北京中科印刷有限公司
经　　销：新华书店

规　　格：787 mm × 1092 mm　1/32
字　　数：136千字　**印　　张**：10.375
版　　次：2022年4月第1版　**印　　次**：2025年9月第6次

ISBN 978-7-5001-7023-5　**定　　价**：59.00元

中　译　出　版　社